Stefanie Bertram

Paulas Engel

Familie, Liebe und Intrigen

Roman

Herstellung und Verlag: Books on Demand GmbH, Norderstedt

ISBN 9-7838-3913-8236

Lektorat: Vanessa Model

Für

die Menschen, die mir am Herzen liegen und denen
wir am Herzen liegen!

Glück

Schau, den Zauber dieser zierlichen Wesen,

schau, wie die Elfen sich bewegen,

schau, sie haben Dich entdeckt..

Dabei leben sie so heimlich; so versteckt...

Doch Du hast heute das Glück sie zu sehen,

zwischen all den Bäumen und grünenden Schlehen.

Sei glücklich, denn Du bist auserwählt...

lerne von ihnen, jede Stunde Deines Lebens zählt,

Trage in Deinem Herzen diese Freude durch Dein Leben,

vielleicht magst Du es an andere Menschen weitergeben??

Doch verrate niemals, wo sie Leben, sich verstecken,

sie sind dort geschützt hinter Wiesen und Hecken.

Dort wo der Regenbogen im Wald versinkt,

wo eine Elfe am Ufer singt,

dort liegt das Geheimnis vergraben...

wie schön, dass wir unsere Träume haben...

1

Paula ist verliebt. Man soll es nicht glauben, denn das Leben schien Paula in den letzten Wochen nicht wirklich auf die Sonnenseite des Lebens katapultieren zu wollen.

Ist es wirklich möglich, dass es die Engel doch noch geschafft haben ihren Job zu erfüllen?

Bis gestern sah es eindeutig noch nicht danach aus.

Die Trennung vom ihrem Ehemann ist schließlich erst einige Wochen her und das war alles Andere als ein lustiges Schauspiel; dass die eigene Freundin sie so hintergehen würde hätte Paula nie für möglich gehalten. Das ist wohl der Super-Gau im Leben einer Frau, wenn der eigene Mann mit der besten Freundin in die Kiste hüpft.

Dabei hatte Paula doch eine eindeutige Bitte an die Engel gesandt: sie mögen doch bitte ihr Leben glücklicher machen! Das geschah zu einem Zeitpunkt, als der Alltag mehr als turbulent war.

Tagtäglich gingen Freundinnen Ein und Aus, immer war jemand anwesend. Nicht zuletzt weil Paula eine sehr gute Kartenlegerin war und damit irgendwie zur

„besten Freundin" Aller mutierte. Schließlich ist es immer praktisch eine Kartenlegerin als Freundin zu haben.

Ja, das mag praktisch sein, aber eine gestresste Kartenlegerin ist eine schlechte Kartenlegerin und irgendwann muss ja auch noch das Chaos im Haushalt beseitigt werden. Mit der Zeit war dann auch Paulas Ehemann nicht mehr wirklich „amused", dass so eine Menge Mädels das Haus Tag ein und Tag aus bevölkerten. Die Ehe und die damit verbundene Zweisamkeit, blieb auf der Strecke. Die Stimmung war schlecht. Daran musste was geändert werden!!!

Dringend!!! Und das Alles war der Grund, warum Paula diesen Wunsch nach etwas Glück an die Engelwelt aussandte. Neben den magischen Problemlösungsversuchen konnte ein wenig Engelenergie gewiss nicht schaden. Zumal sich das ja geradezu anbot, denn in dem Engelbuch stand, man solle sich einfach an die Engel wenden und sie würden sich dann bemerkbar machen.

Richtig spannend wurde es, als Paula einer Dame im hohen Norden die Karten legte und diese dann spontan sagte: „Einen lieben Gruß von deinen Engeln! Sie sind immer da, auch wenn du sie nicht sehen kannst!"

„Ups!", dachte Paula und war erstmal sprachlos. Die Dame teilte ihr mit sie sei ein Engelmedium und solle dies ausrichten.

„Also dann mal los", dachte Paula.

Einen Versuch war es auf jeden Fall mal wert und, da sie sowieso gerade dabei war, „bestellte" Paula noch ein Cabriolet dazu. Man kann ja nie wissen: Vielleicht klappt es ja und ihr Wunsch geht in Erfüllung.

Dann folgte die Trennung und.. Nein…es fühlte sich alles nicht wirklich gut an. Ganz im Gegenteil: das Selbstwertgefühl litt, Paula war sogar versucht mit Scheuklappen durch den Ort zu laufen, weil sie das Gefühl hatte, alle Welt zeige mit dem Finger auf sie. Dabei war sie ja die Unschuldige! Trotzdem ist das ein verdammt blödes Gefühl, mit dem man herum laufen muss. Ja, die letzten 4 Wochen waren sehr außergewöhnlich.

Bei Nacht und Nebel schnappte sie ihren kleinen Sohn und zog erstmal zu Freunden. Von dort aus war sie täglich unterwegs um eine Wohnung für sich und den 5 jährigen Lukas zu finden. Ohne die Unterstützung ihrer Freundin Sabine und deren Mann Thorsten wäre sie sich extrem hilflos vorgekommen. Vor 14 Tagen bezogen Paula und Lukas dann ihre wunderschöne Dachwohnung. Sie waren glücklich und Paula fühlte sich befreit, denn es kehrte wirklich Ruhe in ihr neues Leben ein. Teil Eins der Bestellung an die Engel war also schon angekommen. Na, wenn das so einfach ist..

Doch seit gestern ist nun alles anders!

2

Es ist so dieses Gefühl

....wie ein Blitz in meinem Leben.

es ist, als würdest Du mich in den Himmel heben.

Arme die mich halten...sie geben mir Stärke..

Dein Lachen, Deine Augen...sie geben Wärme..

Ein Gefühl im Bauch wie 1000 Sterne .

Ich leg mein Herz in Deine Hände...glaube mir...es ist dieses Gefühl, ich vertraue Dir.

Du hast eine Art mir die Sonne zu geben...Lass` uns die Liebe gemeinsam leben!

Es ist das innere...das Gefühl...das bin ich..

Ich liebe Dich!

Es war wie Magie. Wie ein Blitz fiel Oliver in Paulas Leben. Nach der letzten Pleite wollte sie doch gar keinen Mann mehr!! Von Denen hatte Paula aus verständlichen und nachvollziehbaren Gründen die Nase gestrichen voll!

Jetzt sollte Lukas der alleinige Mittelpunkt in Paulas Leben sein.

Doch nun war ER da. Ein stattlicher Mann mit blonden, pfiffig gestutzten Haaren und stahlblauen Augen. Er roch so gut, er war frei und ungebunden und wollte gerne seine Zeit mit Mama und Sohn verbringen.

Sollte es nun wirklich wahr werden? Liebe zum anfassen und wohlfühlen? Geht das nicht alles viel zu schnell? Das wird wieder ein Gerede im Ort geben. Diese Gedanken machten Paula schlaflos, doch sie wollte Oliver ganz sicher keinen Korb geben. Bestimmt würde er nicht ein halbes Jahr abwarten wollen, bis die ersten Flammen der Trennung gelöscht sind.

Und davon mal ganz abgesehen. Es kribbelte im Bauch, es war schön, Paula konnte es gar nicht abwarten bis Oliver sie heute erneut besuchen würde.

Heute würde er das erste Mal bei Ihr übernachten, -auf dem Sofa- versteht sich. Und das auch nur, weil sie heute Abend Wein trinken möchten. Paula war so aufgeregt wie ein Teenager und war es Zufall oder

Engelsfügung, dass Lukas heute sowieso bei seinem Papa sein würde?

Im Grunde ist es auch egal, jetzt ist es erstmal wichtig das eigene Äußere auf zu pimpen und heute Abend eine möglichst gute Figur zu machen, denn man kann ja nie wissen.

Sabine wird heute auch da sein und amüsiert sich einerseits, dass Paula sich aufführt wie ein pupertierender Teenager,andererseits war sie auch etwas skeptisch und fragte beiläufig: „Findest du nicht, dass das alles etwas schnell geht?"

Hoppla!

Das saß. Das fehlt natürlich jetzt noch, solch einen Spruch reingedrückt zu bekommen. Paula wird jetzt etwas unsicher, hatte Sabine vielleicht sogar recht? Tut es Lukas überhaupt gut, so schnell einen neuen Papa an Mamas Seite vorgesetzt zu bekommen? Na toll, Das war genau Das, woran Paula heute Abend mit Sicherheit nicht denken wollte! Jetzt fingen die Gewissensbisse an. Aber sie war doch so verliebt, es war einfach zu schön. Und eine glückliche

Paula ist bestimmt auch eine glückliche Mama. Oder etwa nicht?

Paula schob diese Gedanken erstmal wieder beiseite und versuchte verzweifelt ihre Wimpern zu tuschen. Es war schon 16.32 Uhr und die Kleiderfrage war auch noch nicht geklärt. Wie bei Frauen üblichen: nie etwas zum Anziehen da! Zum Glück gab es Sabine. Sabine war Paulas einzige Freundin, die nach der Trennung noch geblieben war. Anders gesagt war sie die vertrauteste Freundin und hatte Paula mit allem was in ihrer Macht stand geholfen, die letzten Wochen zu überstehen. Dazu war es eine intensive und schöne Zeit, weil Lukas und Paula im Wohnzimmer von Sabine und Thorsten campieren durften.

Paula schüttelte sich und widmete sich wieder der Oberflächenveredelung ihres Gesichtes. Gebadet hatte sie schon in ihrem Lieblingsduft. Das wollen wir doch mal sehen, dachte sie sich, ob Oliver wirklich auf dem Sofa nächtigen wird.

Die Zeit verging wie im Flug, Sabine verabschiedete sich und so langsam war es an der Zeit das

Wohnzimmer schön kuschelig herzurichten, Kerzen anzuzünden und vielleicht mal ein Gedicht für Oliver zu schreiben. Denn Paula schrieb für ihr Leben gerne Gedichte. Es sollte das erste von vielen sein!

3

Gedankenversunken saß Paula mit dem Stift in der Hand am Tisch. Lukas war bereits bei seinem Papa und es würde noch eine ewig lang erscheinende Stunde dauern, bis sie Oliver wieder sehen würde. Das kribbeln im Bauch verstärkte sich und Paula ließ ihre erste Begegnung mit Oliver Revue passieren.

Es war erst vor einigen Tagen gewesen, als sie in der Dortmunder Innenstadt auf der Suche nach neuen Outfits war.

Oliver stand an einer Currywurstbude. Er schaute Paula direkt in die Augen. Es war wie Magie! Sie wusste, dass sie ihn ansprechen sollte und so ging sie, frech wie Paula war, an den hohen Bistrotisch und fragte ihn mutig: „ Sag mal, hast du nicht die Majo vergessen?? Du weißt doch: C-Wurst Pommes Schranke!" und schon war das Eis gebrochen. Oliver begleitete sie dann zu einem Cafe, sie redeten 2 Stunden über erstaunlich persönliche Dinge und tauschten ihre Nummern aus.

Paula ging schweren Herzens dann alleine auf Shopping Tour, denn Oliver musste sich dann leider, für Paulas Begriffe, viel zu früh verabschieden.

Es war wirklich Zeit, dass sie ihr Äußeres veränderte. Mit der Lebensveränderung sollte auch ein neues Image her.

Paula war eine attraktive Frau. Ihre Figur war recht ansehnlich, nicht zu dünn, aber auch nicht zu rund. Ok, doch sie war rund, aber was solls? Man erscheint so, wie man sich fühlt. Attraktiv oder eben nicht. Sie hatte dunkelblondes mittellanges Haar und eine Stubsnase. Ihre tiefbraunen Augen schienen jedem Menschen direkt ins Herz zu blicken. Und dort lag auch Paulas Geheimnis: sie war nicht nur eine hervorragende Kartenlegerin, sondern auch durch ihre Familie in Sachen Hellsehen und Magie vorbelastet.

Oft hatte sie Ahnungen und Visionen, die ihr das Leben nicht immer leicht machten. Paula war es gewohnt, die Menschen in ihrer Umgebung unfreiwillig zu durchschauen, ja sogar meist zu wissen, was sie dachten und fühlten. Nicht wenige

Male war es so intensiv, dass Paula in Tränen ausbrach, weil sie den Kummer und die Sorgen anderer Menschen fühlen ´musste´.

Nicht immer eine feine Sache, und genau aus diesem Grund sprach sie mit kaum jemanden über diese Fähigkeiten. Auch erzählte sie niemandem, dass sie in das Geheimnis von Magie und das Wissen einer modernen Hexe eingeweiht war.

Schon lange versuchte sie verzweifelt ein „normales" Leben zu führen und widmete sich den eher normalen Dingen wie Kochen, Backen und Lesen.

Eine heimliche Leidenschaft, die in der Öffentlichkeit nicht so sehr verurteilt wurde, waren Paulas Engel.

Sie bestellte bei ihren Engeln Veränderungen und fand in der Meditation immer wieder den Zugang zum realen Leben. Paula wusste genau, dass kein Mensch ohne unsichtbare Unterstützung durchs Leben geht und im Grunde nur die heimlichen Kräfte mobilisieren musste um glücklich und zufrieden zu sein.

Im Dialog mit ihrem Schutzengel fand sie die Kraft mit ihren oft ungeliebten Fähigkeiten umzugehen.

Zum Glück wurde sie in diesem Moment jäh aus ihren Gedanken gerissen, als das Telefon klingelte. Ihre Freundin Vera war es. Vera und Paula kannten sich bereits über 14 Jahre. Sie war, neben Sabine, die einzige Person, die über ihre Fähigkeiten Bescheid wusste und genau aus diesem Grund ließ sie es sich nicht nehmen, Paula einen entspannten, magiefreien und damit ganz normalen Abend zu wünschen.

Paula freute sich wie immer diebisch über diese Anteilnahme. Denn wie oft hatte sie mit Vera über ihr Leben gesprochen und ihrem Wunsch endlich richtig unbeschwert glücklich sein zu können.
Als beide das Telefonat beendeten war es fast soweit. Paula zündete ihre Kerzen an, suchte einen Räucherstäbchenduft aus, überprüfte ob alles schön ordentlich und gepflegt war.
Oliver würde sie dann später zum Essen ausführen und anschließend wollten sie sich intensiver kennenlernen. Wer weiß, vielleicht bekommt Oliver eine schöne Reikimassage. Und es klingelte....

4

Sonne

Wenn die Sonne scheint und das Leben lacht..

Wenn die Wärme genießen einfach Freude macht..

Wenn die Liebe sich gut anfühlt und streichelt die Seele...

Wenn du das Gefühl hast, es wachsen dir Flügel..

Dann wird es wohl meine Liebe zu Dir sein...

denn dadurch hast du im Herzen immer Sonnenschein

Mir geht es genauso, Du bist mein Licht,

Lieber Oliver Ich bin verliebt in Dich !!!

Oliver wartete ungeduldig vor der Tür, dass Paula
öffnete.

Diese Frau hat ihn auf den ersten Blick fasziniert. Er
konnte nicht sagen was es war. Frauen hatte Oliver
in den letzten Monaten weiß Gott genug kennen
gelernt und auch besucht. Aber dieses Gefühl,
welches ihn seit der Begegnung vor einigen Tagen
begleitete, war anders.

Ja, Oliver war aufgeregt und wollte auf gar keinen
Fall Paula überrumpeln. Er wusste, dass ihre
Trennung erst einige Wochen her ist und hoffte doch

inständig, dass dieser Abend sehr innig werden würde.

Als Paula die Tür öffnete ging er mit riesen Schritten nach oben und begrüßte Paula mit einer Rose und einem Kuss auf die Wange. Sie roch so gut und ihre Augen strahlten.

Sollte es wirklich die Perle sein, die er immer gesucht hatte?

Jetzt ist er also da, der Moment. Jetzt bloß nichts falsch machen. Aber bevor er sich weitere Gedanken machen konnte, zog Paula ihn lachend an sich in Richtung Wohnzimmer, aus dem ein ganz betörender Duft drang.

Es lag eine fast mystische Energie in der Luft, lag es an den Räucherstäbchen oder lag es an Paula?

Oliver konnte sich diesem Gefühl nicht entziehen und war gespannt was der Abend bringen würde.

Paula zog ihn in ihren Bann, er hing an ihren Augen und setzte sich auf das tiefdunkelrote XXl Kuschel Sofa. Es war einfach zu schön in ihrer Nähe zu sitzen und so hörte er gar nicht, dass Paula ihn fragte, was er trinken wolle.

„Oliver, was magst du trinken?? Ich habe einen Tee aufgebrüht, wollen wir eine Tasse trinken bevor wir zum essen gehen?", fragte Paula ihn und stubste ihn dabei frech am Arm.

Verwirrt antwortete er: „ Ja klar, gerne!" Das kannte er ja nun gar nicht, so neben der Spur zu sein und er wurde langsam nervös, was der Abend noch so bringen würde.

Eine Stunde später saßen das Pärchen beim heimischen Griechen an einem Tisch und warteten auf ihr Essen. Es war erstaunlich, wie tiefgehend das Gespräch innerhalb kürzester Zeit wurde und niemand konnte sagen warum, aber Paula offenbarte ihm, dass sie als Kartenlegerin arbeitet und einen Engelfimmel hat.

„Bist du jetzt total plem plem???" `Klasse Paula, jetzt haste es versaut, gut gemacht, der denkt bestimmt jetzt du bist eine durchgeknallte Gaga Tussi!` , dachte Paula und suchte nach einem Loch, in das sie mal eben schnell verschwinden könnte.

Sie glaubte sie höre nicht richtig als Oliver gelassen

meinte: „ Das klingt interessant, würdest du mir später mal die Karten legen?"

Und ob sie das tun würde! Das Leben meint es gut mit Paula. „Danke Engel", dachte sie und war von Dankbarkeit erfüllt.

5

Wieder zu Hause angekommen machten es sich die Beiden auf dem Sofa gemütlich. Paula holte ihre geliebten Karten aus dem dafür eigens hergestellten Kästchen. Ja,das Kartenlegen liebte sie wirklich. Sie hatte einen beachtlichen Stammkundenkreis und war so unabhängig und konnte sich und ihrem Sohn Lukas ein angenehmes Leben ermöglichen. Dafür war sie dankbar, wenn nur diese Visionen nicht laufend wären. Aber darüber wollte sich Paula heute Abend keine Gedanken machen.

Als sie die Karten für Oliver auslegte, staunte sie nicht schlecht. Ihm steht eine innige und feste Beziehung bevor.Zwar würde diese Liebe mal auf die Probe gestellt werden, aber letzten Endes ist

Beständigkeit und sehr viel Kraft in dieser Beziehung zu sehen.

Paula wusste, dass sie diese Frau sein würde und ein wohliger Schauer es überkam sie.

„Was denkst du, hast du Lust auf eine Reiki Behandlung?

Das tut gut und entspannt", fragte sie ihn unvermittelt und er nahm das Angebot gerne an.

„Dann leg dich mal dort auf den Boden", sagte Paula und zeigte auf den kuscheligen Weinroten Teppich vor dem Kamin.

Das ließ Oliver sich nicht zweimal sagen und er dachte im Geheimen: „ Endlich, jetzt kommen wir uns näher."

Er genoss diese Energiebehandlung in vollen Zügen und merkte sehr schnell, dass es bei ihnen Beiden um viel tiefere Dinge ging als um Erotik. So schnell sollte er Paula nicht verführen können, aber es war ihm egal. Er war dankbar für die Nähe, die Paula ihm gab und fühlte sich wie ein völlig neuer Mensch.

Oliver erzählte an diesem Abend noch von seinem Leben. Er war selbstständiger Webdesigner, sein

Einkommen war ok, er konnte gut davon leben. Er liebte Musik und ging regelmäßig zur Pferderennbahn. Pferde waren seine Leidenschaft. Seine Zeit lässt eine Pferdehaltung allerdings nicht zu. Und jetzt, da er Paula kennt, weiß er seine Zeit sinnvoller einzusetzen.

Morgens um 01.14 Uhr gingen sie zu Bett. Oliver brauchte nicht auf dem Sofa nächtigen. Er schlief bei Paula. Paula lag in seinem Arm und Beide wussten die Nähe sehr zu schätzen und wollten sich bei Intimitäten Zeit lassen.

Paula merkte, dass er der richtige Mann in ihrem Leben sein würde und schmunzelte, denn ihr war bewusst, dass er seine letzten Dates nicht so „anständig" beendete.

Ab diesem Tag waren Oliver und Paula unzertrennlich.

6

In dieser Nacht schlief Paula sehr schlecht.
Unangenehme Träume suchten sie heim und
mehrfach wurde sie mit einem beengenden
Angstgefühl wach.

Sie träumte von Schatten, welche sie und Oliver
verfolgten. Sie klebten an ihnen wie Pech und im
Traum war es nicht möglich diese Schatten zu
vertreiben. Immer wieder tauchten Menschen auf, die
kein Gesicht hatten.

Aus ihren Mündern fielen kleine Schlangen. Immer
und immer wieder. Es war kaum möglich diesen
Schlangen auszuweichen und sie krochen in alle
Kleidungsstücke von Oliver und ihr. Angst und Panik
machten sich breit.

Paula wusste, dass dieser Traum Bedeutung hatte.
Sie nahm sich fest vor, Oliver erstmal nichts davon
zu erzählen, sondern den Grund dafür
herauszufinden, wenn sie alleine war.

Dass Paula so unruhig schlief, war auch Oliver nicht
entgangen. Er nahm sie fest in den Arm, als sie im

Morgengrauen wieder wild um sich schlug. Den Grund dafür wusste Oliver nicht, aber er war sich sicher, dass in Paula mehr steckte, als sie ihm erzählte und beschloss abzuwarten, ob sie ihm davon erzählen wollte.

Paula fühlte sich in Olivers Armen sicher und geborgen und legte die Gedanken an den Traum erst einmal beiseite. Sie kuschelte sich an seine Brust und roch an dem Duft seiner Haut. Paula wurde schwindelig und sie schmiegte sich mit dem ganzen Körper an ihn. An diesem Morgen liebten sie sich das erste Mal und sie wussten, dass dies der Beginn etwas ganz Großes sein würde.

Keine Schatten und keine Schlangen konnten dieser Liebe etwas anhaben!

Am darauf folgenden Wochenende stand ein Besuch bei Paulas Eltern auf dem Programm. Oliver hatte keine Eltern mehr. Seine Familie bestand aus Onkel Werner und Tante Marie. Sie hatten 5 Kinder und Oliver wuchs mit ihnen zusammen auf, nachdem seine Eltern, als er klein war, einfach ausgewandert waren und ihn bei der Schwester seiner Mutter zurück ließen.

Paulas Eltern waren ein freundliches Paar. Sie waren immer versucht Paula und ihren Bruder Leon zu unterstützen. Sie hatten eine besondere Stärke: sie bevormundeten Paula nicht und ließen beide immer ihre eigenen Erfahrungen machen.

Auch Paulas Mutter war so vorbelastet wie ihre Tochter, allerdings nicht so stark ausgeprägt. Das ist nicht zuletzt der Grund, warum sie Paula so viele Freiheiten ließ. Denn Eines ist so sicher wie das „Amen" in der Kirche: Paula kann sich vor üblen Dingen schützen und ist meist sogar im Vorfeld gewarnt.

Anna und Horst leben in einem beschaulichen Häuschen am Rande der Stadt. Sie haben immer eine offene Tür und wünschen sich, dass ihre Tochter glücklich ist.

So war für diesen Sonntag ein offizieller Besuch bei Paulas Eltern und anschließend ein Kaffeetrinken bei Olivers Tante und Onkel geplant.

Schon am Morgen hatte Paula ein flaues Gefühl im Magen. Aber nicht weil sie Sorge um das erste Kennenlernen bei ihren Eltern hatte, sondern weil sie bereits jetzt schon ahnte, dass am Nachmittag einige Energien ihre ganz Kraft erfordern würden.

Deshalb nahm sie vorsorglich ihren kleinen Zauberbeutel, gefüllt mit diversen Kräutern an sich und steckte diesen in ihre Hosentasche. ´Sicher ist sicher´, dachte Paula für sich und beeilte sich aus dem Haus zu kommen. Und so nahmen die Dinge ihren Lauf.

Oliver wartete bereits schon in seinem Auto. Es war übrigens das besagte Cabriolet, welches Paula regelmäßig fahren durfte. ´Klappt doch! Das mit der Wunscherfüllung durch die Engel ist wirklich eine schöne Sache! ´, dachte sie innerlich schmunzelnd. Aber sie wäre genauso glücklich, wenn Oliver einen Traktor fahren würde. ´Eigentlich ja auch eine Art Cabriolet´, überlegte Paula und musste lachen.

Oliver, erfreut über Paulas gute Laune, lächelte sie an und sein Herz machte einen Sprung, denn ihm war Paulas trübe morgendliche Stimmung nicht entgangen. Sie war nicht der Morgenmuffel-Typ, das konnte Oliver sich nicht vorstellen. Paula war schließlich eine fröhliche, lebensfrohe Frau. Das würde nicht passen.

Eines allerdings lag ihm auch im Magen. Schon mehrfach hatte er Freundinnen mit nach Hause gebracht. Und jedes mal war es so, dass seine Verwandtschaft diese entweder beleidigten oder eine so hinterhältige Stimmung verbreiteten, dass die Beziehungen nie lange hielten.

Freilich waren es nicht die ganzen Verwandten, aber Tante Marie hatte eine spitze Zunge und wusste über Alles und Jeden Bescheid. Es gab kein Schicksal, worüber sie nicht informiert war. Er konnte sicher sein, wenn ihm ein Missgeschick oder ein Unglück passierte, dass er dann wieder die Lacher auf seiner Seite haben würde. Schadenfreude war ihr Hobby. Oliver lebte damit, auch, dass einer seiner Cousinen. Clara, welche nur sich selbst toll fand, zeriss alle anderen Menschen in der Luft. Das machte sie nicht gerade beliebt in der Gegend, aber das störte sie wenig, wenn sie es überhaupt bemerkte.

Wahrscheinlich nicht, sie war viel zu sehr mit Flirten und Affären beschäftigt.

Dann war da noch sein Cousin Marc. Oliver mochte ihn, er war ruhig und hielt sich aus dem ganzen Tratsch gerne raus. Wenn er ins Kreuzfeuer geriet, an Nachmittagen an denen die Damen Langeweile hatten, wurde es teilweise Oliver und Marc zu viel und sie gingen dann meist spazieren, wenn sie nicht arbeiten waren.

Zurzeit war es so, dass Marc noch Jungeselle war. Das sorgte natürlich für jede Menge Gesprächsstoff.

Was da erzählt wurde, interessierte Oliver nicht.

Trotzdem versuchte er ab und zu das Getratsche zu bremsen; dies jedoch ohne Erfolg.

Wollte er Paula wirklich dorthin mitnehmen? Auf gar keinen Fall wollte er das Risiko eingehen, dass auch Paula den Tratschereien nicht standhalten würde, zumal sie derzeit sehr sensibel war.

Er würde darüber noch nachdenken beim Mittagessen bei Paulas Eltern. Vielleicht gibt es eine schnelle Lösung, Paula sagte doch immer, man solle die Engel um Hilfe fragen. Und so bat er die Engel darum, ihm in dem, für ihn sehr belastenden, Problem zu unterstützen.

Paula riss ihn jäh aus seinen Gedanken. Sie saß auf dem Beifahrersitz und quietschte vor Vergnügen, als der Wind ihre Haare durchwühlte und Oliver war glücklich und dankbar für diesen Moment. NEIN ! Er würde heute mit Paula die Sonne genießen und nicht zu seiner Tante fahren.

7

Es hatte sich im Hause Bold, so hießen Tante und Onkel von Oliver, bereits rumgesprochen, dass Oliver „eine Neue" hatte. Und schon ging es rund. Jeder wurde angerufen, alle 3 Kinder dieser Familie erhielten ihren Anruf und wurden zum nachmittäglichen Kaffeetrinken eingeladen. Es muss nicht erwähnt werden, dass ausnahmslos Alle anwesend sein würden um die Dame zu begutachten.

Bereits im Vorfeld wurde schon diskutiert, ob sie genau so dümmlich und niveaulos sein würde, wie die anderen Mädels, die Oliver mit heimbrachte.

Sie stellten fest, dass Oliver eindeutig sowieso zu dumm sei, sich die für ihn passende Partnerin auszusuchen und sie amüsierten sich köstlich über Paulas Vorgängerinnen.

Da war Laura. Sie hatte sich erstaunlich lange an seiner Seite gehalten. Sie kam aus sehr gutem Hause, aber die Bolds wissen heute noch zu erzählen, dass sie eine `Hure` sei und sowieso fremdgegangen war.

Tatsächlich stimmte das ganz und gar nicht, aber mit den Gerüchten ist es eben spannender den Alltag zu versüßen. Das eigene Leben wurde dadurch dann irgendwie wertvoller.

Dazu kamen noch einige andere Affären, die, selbstverständlich, genau so schlecht waren und deren Existenzberechtigung als Menschen doch schon stark angezweifelt wurde.

Die Vorbereitungen fürs Kaffeekränzchen waren im vollen Gange. Es wurde gelacht und Geschichten über frühere Liebesgeschichten von Oliver zum Besten gegeben. Es machte doch immer wieder Spaß andere Menschen schlecht zu reden. Jetzt, da sie alle beisammen saßen, ging es mal wieder um die Personen, die nicht anwesend waren.

Umso größer war die Enttäuschung, als Oliver anrief um die Verabredung zu verschieben. Dies wurde sofort, unbekannterweise, Paula angelastet.

Sicherlich beansprucht sie Oliver in übertriebenem Maße und hatte ihn voll im Griff.

So wurde das erste Urteil über Paula bereits gefällt und sollte sich nicht mehr wirklich ändern.

Unterdessen verlebten Paula und Oliver einen wunderbaren Tag mit Klein Lukas. Sie besuchten einen Tierpark und gingen Eis essen. Sie waren wie eine richtig glückliche kleine Familie, während bei Oliver zu Hause bereits die Gerüchteküche brodelte.

8

Wie es für eine feste Beziehung üblich ist, ließ sich ein Zusammentreffen mit der Familie dauerhaft nicht vermeiden. Also hatte der Terminplaner für heute endlich eine Grillparty vorgesehen. Oliver war sichtlich nervös und Paula spürte dies deutlich. Er war in den letzten Tag ab und zu in Gedanken vertieft gewesen und Paula spürte seine Bedenken. Sie wusste, dass sie viel energetische Arbeit leisten musste.

Auch heute war der Kräuterbeutel dabei und das war auch gut so:

Pünktlich um 14.30 Uhr fuhren Paula und Oliver vor. Es war nicht zu übersehen wie die Köpfe sich reckten und schon fast gedrängelt wurde, um bloß den ersten Blick auf , wie hieß sie doch gleich..?, zu erhaschen. Oliver hatte in dem Moment bereits die Nase voll und wäre am liebsten sofort wieder weg gefahren, aber er kam ja eh nicht drum rum. Also blieb nichts anderes übrig als die Zähne zusammen zubeißen und durch! Beide betraten den Raum. Wohl fühlte Paula sich nicht. Tante Marie sagte ein liebloses „Hallo". Mit der

Zeit sollte Paula lernen, mit der wenig liebevollen Atmosphäre in dieser Familie umzugehen.

Sie merkte sofort was Tante Marie dachte: ´ Er hätte sich ja durchaus was Hübscheres suchen können!´ Klasse, immer dann, wenn Paula es nicht gebrauchen konnte, wurde sie von ihren Fähigkeiten überrannt.

Eigentlich wollte Paula gar nicht wissen, wer jetzt was und wo vor sich her denkt.

Im selben Augenblick nahm sie eine Energie wahr, die sehr viel liebevoller war. Es ging von der ältesten Cousine Gerda aus. Gerda hat ein gutes Herz und viel Potential in eine Richtung, die nur wenige Menschen haben. Liebevoll, ehrlich und zurückhaltend.

Doch in dem Gemisch an Energien kam sie damit leider nicht durch. Paula mochte Gerda auf Anhieb und nahm sich vor, diese Traurigkeit, die in ihr steckte, zu ergründen.

Dann war da noch Clara, sie hatte eine Ausstrahlung die keinen Zweifel an ihrer Perfektion zuließ.

Zumindest dachte Clara das von sich selbst.

Mit einem abschätzenden Blick wurde Paula von ihr gemustert und für zu dick befunden!

„Was bildet die sich denn ein?", fragte Paula sich im Stillen und war fest entschlossen, sich nicht von der unterschwelligen Selbstgefälligkeit dieser Dame beeindrucken zu lassen.

Jeder ist seines Glückes Schmied. Das gilt auch für Clara und wie Paula deutlich spüren konnte, hatte Clara schon mehrfach sehr viel Pech in ihrem Leben. Ihre Kindheit war von der besagten Lieblosigkeit geprägt und das zog sich durch ihr Leben konstant durch. Ein klein wenig hatte Paula sogar Verständnis für sie, einfach hatte sie es nämlich nie gehabt.

Cousin Marc war auch da, er saß auf dem Sessel und las die Zeitung. Er schaute Paula freundlich an und begrüßte sie mit einem „Hallo" und einem Lächeln.

Dafür war ihm Paula in diesem Moment so dankbar. Mit Freude sog sie die durchweg positive Energie auf, die von ihm ausging. Schade nur, dass die Bolds ihn so wenig zu beachten schienen. Was steckt hinter dieser Familie?

Paula würde es herausfinden.

Nachdem die Begrüßung abgeschlossen war, wurde gegrillt. Überraschend war, dass sehr viel gelacht wurde.

Diese Menschen hatten Humor und waren gute Gesellschafter, sofern man nur oberflächliches Geplänkel wünschte. Sie würde mit den Bolds gut klar kommen und freute sich auf die vielen neuen Impulse.

Das Essen war wunderbar, Tante Marie war eine sehr gute Köchin. Paula konnte auch sehr gut kochen, aber sie würde niemals in das Revier einer anderen Köchin funken.

Es war ein schöner Nachmittag, der bis in den Abend ging. Oliver war sichtlich erleichtert, dass es doch so gute gelaufen war.

Vielleicht war Paula jetzt endlich mal eine Frau, die nicht in der Luft zerrissen werden würde. Oliver wünschte sich nichts sehnlicher, als endlich glücklich sein zu dürfen und eine Familie zu gründen.

9

Nachdem das erste Kennenlernen nun endlich hinter den Verliebten lag, begannen sie Pläne für die Zukunft zu schmieden. Mittlerweile waren sie schon 3 Monate zusammen und ihre Liebe wuchs täglich. Wann immer sie Zeit hatten, verbrachten sie diese intensive miteinander.

Ab und zu trafen sie sich auch mit den Familien. Familienleben war ihnen wichtig und Paula legte Wert auf regelmäßigen Kontakt.

Paulas Eltern mochten Oliver auf Anhieb und ließen es ihn spüren, wann immer sie konnten.

Paula hatte in dieser Zeit viele Kartenlegungen zu erledigen. Ihr fiel es zunehmend leichter, den Menschen mit ihrem Kummer zu helfen. Wenn das eigene Glück so groß war, konnte sie diese positive Energie leicht weitergeben.

Oliver las ihr jeden Wunsch von den Augen ab. Das war Paula so nicht mehr gewohnt und es fiel ihr nicht leicht, diese Liebe einfach nur anzunehmen.

In jedem Blick und in jedem Wort wurde diese Liebe

spürbar. Während der Arbeitszeiten schrieben sie sich unzählige Emails, machten Pläne für den Abend und besprachen Verabredungen.

Oliver war mittlerweile auch eingeweiht, dass Paula der Geheimnisse der Magie kundig war. Er bat allerdings darum, seiner Familie davon nichts zu erzählen, sie würden es nicht gut heißen, da war Oliver sicher.

Es war für die Zwei nicht immer leicht, alles dafür zu tun, so dass ihnen nichts Schlechtes nachgesagt werden konnte. Da Olivers Tante und Onkel nicht mehr die Jüngsten und Fittesten waren, erledigten Paula und Oliver Einkäufe, chauffierten zum Arzt und waren immer liebevoll und höflich.

Vor allen Dingen Paula. Sie war schon immer sehr sozial eingestellt und sah es als eine Selbstverständlichkeit an, für die Familie des Mannes, den sie liebte, da zu sein.

Oliver wusste dies sehr zu schätzen und liebte seine Paula täglich mehr.

Ja, er fühlte sich ihr so stark verbunden, dass er ihr seinen Wunsch, ein eigenes Kind zu haben, erzählte. Paula machte dieser Liebesbeweis sehr glücklich. Es war nur etwas problematisch, denn sie hatte eine Hormonkrankheit und das „Kinderkriegen" gestaltete sich nicht so einfach.

Diese Tatsache konnte allerdings ihr Glück nicht trüben.

Paula litt sehr darunter, dass sich keine Schwangerschaft einstellte. Sie hätte so gerne Olivers großen Wunsch erfüllt.

Oliver aber sagte immer: „ Das ist doch nicht schlimm, wir haben doch Lukas!" Dafür liebte Paula ihn umso mehr.

Paula wusste, wie sie mit Magie dem Kinderwunsch nachhelfen konnte.

In 2 Tagen war Walpurgisnacht. Jetzt musste nur Oliver eingeweiht werden und Paula war sich sicher, dass es diesmal klappen würde.

10

An diesem Morgen wachte Paula schon sehr früh auf. So konnte sie in Ruhe erstmal einen Kaffee trinken und den Morgen genießen bevor der Stress des Alltags seinen Lauf nahm. Sie schaute an ihre linke Seite, dort schlief Oliver noch tief und fest. Er hatte heute frei und würde heute Abend daheim bleiben um auf Lukas aufzupassen.

Paula schaute ihn liebevoll an; wie sehr sie ihn liebte. Er war der wunderbarste Mann auf der Welt. Mit jeder Geste und mit jedem Wort zeigte er ihr seine Liebe.

Oliver war so anders als seine Verwandtschaft. Keine Frage, sie mochte die Bolds, sie war gerne mit ihnen zusammen. Jeder war freundlich zu ihr und es gab immer Gründe, um sich zu treffen. Oft gingen sie auch gemeinsam auf die Pferderennbahn. Doch Paula vermisste eine vertraute Nähe, Verbindlichkeit und das Gefühl aufrichtig akzeptiert zu werden.

Wenn Oliver und sie zu Besuch waren, handelten die Gespräche meist um die Menschen, die nicht anwesend waren. Mal war Clara eine, wir sagen mal, Lebedame, die sowieso mal in der Gosse enden wird. Ein anderes Mal war Gerdas Mann zu nichts zu gebrauchen oder Cousin

Marc hatte mal wieder mit einer Frau telefoniert. Das alles war Gesprächsstoff genug um einen Nachmittag zu füllen. Paula war das eher unangenehm, aber es war Olivers Familie, und so gehörten sie dazu. Paula war in solchen Dingen sehr Loyal. Sie wollte nicht als Miesepeter dastehen und war somit lieber still. Doch dieses Lästern war nicht ihr Stil. Überhaupt nicht. Die Gedanken, die sie von Zeit zu Zeit immer wieder mal wahrnahm, schaffte sie durch schönere Dinge einfach beiseite.

Paula freute sich auf heute Abend. Es war der 30.April

und wieder Walpurgisnacht. Wie schon seit Jahren würde Paula sich mit einigen anderen Frauen auf einer Lichtung im Sauerland treffen. Weit ab von der Zivilisation. Sie würde ihr Baumwollgewand tragen, die Haare offen lassen und ihre Ritualwunschkerze mitnehmen.

Außerdem war es Paulas Job, den Sabbat-Wein und das Brot mitzubringen; Unter anderem auch als Opfergabe für die Muttergöttin.

Bis in die Morgenstunden würden die Hexen ums Feuer tanzen, trommeln und singen.

Ja Paula freute sich auf diese Nacht, in der sie sie selbst sein konnte und ihr „Anderssein" mal nicht in den Vordergrund trat.

Es war mittlerweile 06.30 Uhr. Zeit um Lukas zu wecken und ihm ein leckeres Frühstück zu machen.

Also schlüpfte Paula aus dem Bett, nicht ohne ihrem geliebten Oliver einen zarten Kuss auf die Stirn zu hauchen und verschwand mit ihrer Tasse Kaffee im Bad.

Später saß sie mit Lukas am Frühstückstisch.

„Mama?", fragte Lukas, „Bleibt Oliver jetzt für immer bei uns?" und schaute seine Mutter fragend an.

„Möchtest du das denn?", horchte Paula nach und war regelrecht erleichtert, als Lukas, wie so oft, seine Nase kräuselte, lächelte und sagte: „Klar, Mami, seit dem er da ist lachst du so viel und das ist viel schöner als vorher!"

Paula hätte ihren kleinen Lukas am liebsten zu Boden geknutscht, stattdessen aber musste sie ihn antreiben, sich die Schuhe anzuziehen und sie brachte ihn in den Kindergarten.

Eine Stunde später klingelte es an der Tür. Es war Clara, sie hatte eine verführerisch duftende Tüte Brötchen dabei. Clara war nicht einfach nur so gekommen, sie wollte sich gerne von Paula die Karten legen lassen.

Nach dem Frühstück mischten sie die Karten und Paula legte aus.

11

Es war heute ein richtig guter Tag zum Kartenlegen. Als Paula das Kartenbild anschaute wurde sie unruhig. Was sie sah, sprach nicht unbedingt für Clara. Paula wusste nicht, wie sie nun damit umgehen sollte.

In Claras Frage drehte es sich um die Liebe, um einen bestimmten Mann. In den Karten lagen allerdings mehrere Männer. Paula konnte sehen, dass Clara schon einige Männer in ihrem Leben betrogen hatte und wieder betrügen würde. Paula empfand es als schmerzhaft, diese Leere in Claras Leben fühlen zu müssen. Sogar den Vater ihres Kindes hatte sie betrogen. Mit 2 Männern sogar.

Das Kartenbild war sehr verworren. Ihr Herzmann, um den es sich drehen sollte, mag Clara sehr und wäre grundsätzlich zu einer Beziehung bereit. Aber auch er wusste um ihre Untreue, die wie ein Zwang in ihrem Leben Bestand hatte. Claras Chancen standen in dem Fall nicht sehr gut.

Paula versuchte ihr Mut zu machen, aber die Situation war nicht sehr einfach.

Eine Weile nach der Kartenlegung saßen Clara, Paula und Oliver noch zusammen. Dann wurde es Zeit sich für das Hexenfest vorzubereiten und sich auf den Weg zu machen.

12

Es war ein wunderbar berauschendes Fest. Das Fest des Neubeginns und der Fruchtbarkeit.

Walpurgisnacht, oder auch Beltane genannt, war eines der wichtigsten Sabbate im Jahreskreis einer Hexe. In dieser Nacht sollte ein Paar sich lieben, um schwanger zu werden. Die Chancen standen gut.

Paula saß etwas abseits vom Feuer. Etwa 4 Stunden am Stück hatte sie wie in Ekstase getanzt und gesungen. Sie fühlte sich befreit und dachte an ihre beiden Männer daheim. Lange würde sie heute nicht mehr tanzen, der Heimweg würde auch nochmal 1,5 Stunden Fahrzeit beanspruchen und sie hatte Sehnsucht. Paula wollte in die Arme ihres Olivers.

Noch etwa eine halbe Stunde schaute sie dem Treiben ihrer Hexenfreundinnen zu und machte sich dann auf den Heimweg.

Zuhause angekommen schlüpfte sie nach einer ausgiebigen Dusche im Morgengrauen zu Oliver ins Bett.

Sofort drehte er sich zu ihr und nahm sie in den Arm.

Er war froh, seine Paula wieder in seiner Nähe zu haben,
denn zugegeben, ein wenig unheimlich war ihm die Geschichte mit dem Hexenfest schon. Aber es gehörte zu seiner Liebsten und so wollte er sie da nicht einschränken. Dennoch bat er Paula inständig, seiner Verwandtschaft niemals von ihren Hexenwurzeln zu erzählen. Sie würden
es nicht verstehen und wieder Zündstoff für üble Nachrede bekommen. Oliver wusste in dieser Nacht noch nicht, dass es jede Menge Zündstoff geben würde. Hauptsächlich erfundene Tatsachen und Unterstellungen.
In diesen Morgenstunden liebten sie sich, gemäß den Traditionen des Beltane Festes.

13

Es waren wieder 8 wunderschöne Wochen
vergangen, als das Telefon klingelte. Lukas war im
Kindergarten, Oliver war arbeiten.

Eine ganz liebe Kollegin aus der Nachbarstadt war
am anderen Ende und fragte: „Sag mal bist du
schwanger??"

Paula war doch etwas verwirrt und sagte unsicher:
„Nein, wieso?" Sollte sie etwa schwanger geworden
sein? So schnell, mitten im Zyklus ?

Nicole am anderen Ende war ganz aufgeregt: „Ich
habe geträumt du bist schwanger, ich habe die
Geburt gesehen, es ist ein Mädchen, eine kleine
Hexe!"

Paula wusste zwar davon wirklich nichts, versprach
aber umgehend einen Test zu machen. Zum Glück
hatte sie bereits einen gekauft und nun sollte der
Moment sein, einen Test zu machen.

Nach ewiglangen 5 Minuten war das Ergebnis
eindeutig!

Auf dem Test färbten sich 2 Streifen. Paula schaute
verwirrt auf den Beipackzettel. 2 Streifen: Sie war

schwanger!

Was sollte Paula jetzt tun, Oliver anrufen oder erst einmal die Hebamme um Bestätigung der Schwangerschaft bitten?

Paula wählte Olivers Dienstnummer. Nach unendlich langem Klingeln meldete er sich endlich und Paula rief: „Wir sind schwanger!"

Diese Worte ließen Olivers Herz freudig hüpfen, hatte er richtig gehört? Sollte sein Traum von einer eigenen Familie endlich wahr werden? Er konnte es nicht glauben.

„Bist du dir da sicher?", fragte er ungläubig, vielleicht war der Test ja fehlerhaft (ja klar, nur ein bisschen schwanger ??)?

Paula wurde mit einem Mal völlig gelassen, lächelte und sagte: „Ganz sicher!"

Nach dem Telefonat stand für Oliver fest, dass er Paula heute Abend eine ganz besondere Überraschung bereiten würde.

14

Auf dem Heimweg gingen Oliver einige Gedanken durch den Kopf, er war sich sicher, dass diese freudige Nachricht endlich die erhoffte Anerkennung in seiner Familie bringen würde. Onkel Werner liebte Kinder, er würde Paula verwöhnen und in sein Herz schließen, Paula und Lukas sollten nun vollkommen zur Familie gehören und genau deshalb machte Oliver einen Abstecher zu einem Juwelier. Es sollte ein Ring mit einem Mondstein sein. Er wusste, dass es Paulas Lieblingsstein war. Hexen lieben nun mal Mondsteine, hatte sie ihn wissen lassen.

Mit dem Schächtelchen in der Hosentasche stand er mit klopfendem Herzen vor dem Penthouse nahe der Innenstadt. Erst kürzlich waren sie dort eingezogen. Lukas hat ein eigenes Zimmer mit Blick auf den Fernsehturm.

Die Aussicht begeisterte ihn jeden Abend aufs Neue. Das großzügige Wohnzimmer war in Rot und Orange gehalten. An den Wänden hingen Bilder verschiedener Engel. Paula hatte liebevoll in jedes Eckchen indirekte

Beleuchtungen platziert. Dazu gab es noch einen künstlichen Kamin, der den großen Raum sehr heimelig werden ließ.

Als Oliver die Tür schloss, hörte er Stimmen in der Küche.

Paula und Lukas waren beim Abendbrot.

Oliver merkte sofort, dass von Paula und eine unbeschreibliche Aura ausging. Er küsste erst sie, dann nahm er Lukas in den Arm und erkundigte sich erst einmal nach seinem Tag.

Heute übernahm Oliver das Vorlesen an Lukas Bett; seine Lieblingsgeschichten spielten in der Welt der Piraten. Lukas und Oliver tauchten ab und Paula brachte in der Zeit die Küche wieder in Ordnung.

Als Oliver nach dem Vorlesen ins Wohnzimmer trat, spürte er sofort wieder dieses magische Gefühl.

Immer wenn Paula emotional sehr geladen war, konnte man das in jeder Ecke eines Raumes spüren. Heute war es wieder so.

Paula hatte bereits ein Glas Wein und eine Tasse „Wohlfühltee" vorbereitet. Überall brannten Kerzen und orientalische Düfte durchwebten den Raum.

Ganz sicher wusste Paula, dass dies ein bedeutender Abend werden würde und sie kuschelten sich auf dem braunen Kuschelteppich vor dem Kamin.

Oliver war sehr aufgeregt, als er aber in Paulas Augen blickte, verschwand die Angst vor einer Absage. Er holte den Ring aus dem Kästchen und hielt Paulas Hand. Dann nahm er all seinen Mut zusammen.

„Möchtest du mich noch in diesem Jahr heiraten?" fragte er zaghaft und Paula antwortete ihm umgehend mit einem Kuss und schmiegte sich in seine Arme.

Die Engel hatten wirklich ganze Arbeit geleistet und Paula war einfach nur glücklich.

Dank an die Engel

Ich kann es nicht beschreiben, die Liebe ist wunderbar..

Dein Lachen zu hören, bringt mich dir so nah..

Deine Augen, wenn Sie leuchten, machen mich froh,

denn weißt Du was?..Ich liebe Dich so..Deine Nähe ist das,

was mich deckt und schützt, ich vermisse dich wen.n Du nicht

in der Nähe bist..

Ich liebe Dich sehr und danke den Engeln dafür

Ich freue mich schon drauf, wenn ich höre den Schlüssel

in der Tür..

Ich bin rundumfroh, dass es Dich gibt, Dich haben wirklich

die Engel geschickt,

höre meine Worte und sei dir gewiss`, dass meine Liebe

zu Dir grösser als ein Ozean ist..

15

Oliver konnte es gar nicht erwarten, seiner Familie von den Neuigkeiten zu erzählen. So luden er und Paula am kommenden Sonntag zum Kaffee. Er war regelrecht aufgeregt und freute sich sehr auf die Reaktionen. Endlich ein Baby in der Familie und eine Hochzeit! Das konnte doch nur Begeisterung hervorrufen!

Sonntags morgens backte Paula Kuchen und der Tisch wurde schön eingedeckt. Die große Tafel in der großzügigen und modernen Wohnung sah sehr klassisch aus. Oliver war zufrieden. Er legte schon immer sehr großen Wert auf Sauberkeit und Ordnung. Es musste alles möglichst an seinem Platz sein und einen guten Eindruck machen.

Paula war ähnlich gestrickt, konnte aber doch eher mal was liegen sehen. Bis zum Abend war dann allerdings alles schön hergerichtet. Sie hatte wirklich ein Händchen für Ambiente und Gäste kamen sehr gerne zu Besuch.

Kurz vor der verabredeten Zeit nahm Oliver seine Paula und seinen Lukas fest in den Arm, am Bauch jedoch war er sehr vorsichtig, die kleine Hexe in Mamas Bauch sollte ja nicht erdrückt werden.

„Ich bin so gespannt was sie sagen werden", murmelte

Paula, denn sie hatte ein ganz komisches Gefühl und was sie vor ihrem inneren Auge sah, gefiel ihr gar nicht.

Oliver strich ihr über den Kopf und beruhigte sie:"Sie werden sich freuen, du wirst sehen!"

Es klingelte. Schon als Tante Marie die Treppe hochkam hörte Paula Worte in ihrem Kopf: „Mal sehen, ob sie Staub gewischt hat, die faule Matrone!" Paula war verunsichert. Es war wie ein kurzer Stich ins Herz, zu hören, dass man abgelehnt wurde. Irgendetwas stimmte da nicht und Paula würde es offen ansprechen, wenn der passende Moment gekommen war. Heute oder an einem anderen Tag. Später an der Kaffeetafel wurde. wie so oft. über den verschwenderischen Nachbarn oder die böse Verwandtschaft, mit der man keinen Kontakt mehr pflegte, geredet. Paula hasste diese Nachmittage, an denen es nur um Leute, Kochen und Backen und allgemeiner Besserwisserei ging. Klar, sie mochte Gerda ganz besonders. Sie war da auch nicht so sehr involviert wie Tante Marie und Clara, aber es nervte einfach nur. Wenn Gerda und Paula sich alleine trafen, hatten die Gespräche eine völlig andere Qualität.

Paula war der abschätzende Blick von Clara nicht entgangen. Soll sie sich doch lieber mit ihren Liebschaften beschäftigen als mit Paulas Backkünsten! Paula wurde regelrecht wütend als die sie Worte vernahm: „Nein danke! Ich esse heute keinen Kuchen! Mir ist der Appetit vergangen!" Ihre Gedanken passten dazu: ´Das sieht ja aus wie schon mal gegessen! ´ ´Ganz Klasse, danke Clara! Ich weiß was du denkst und es ist mal wieder völliger Bockmist den du da verzapfst. ´ Paula stand mit ihr wirklich auf Kriegsfuß. Das sollte noch richtig lustig werden. Soviel war klar!

Der Frau gehört wirklich mal der Hals umgedreht für ihre Selbstgefälligkeit.

Nach einigen Tassen Kaffee und belanglosem Geplänkel stand Oliver auf. Er bedankte sich und tat seine Freude darüber kund, dass sie alle erschienen waren (Ja klar! Sie sind ja neugierig und müssen schauen, wie wir leben).

Dann sagte er die „bösen Worte": „Paula und ich erwarten ein Baby. Wir werden in diesem Jahr noch heiraten!"

Dabei schaute er hoffnungsvoll in die Runde, in der man eine Stecknadel hätte fallen hören können.

Tante Marie klappte die Kinnlade herunter, Clara sog die Luft ein und Gerda freute sich. Sie freute sich wirklich und schon alleine dafür hätte Paula sie augenblicklich umarmen können.

Nachdem Paula sich von der ersten Beklemmung aufgrund der schier bösartigen Energie erholt hatte, hörte sie wieder diese Stimmen im Kopf: „Jetzt heiratet der die auch noch"; „Wie?? Die vermehren sich??"; „Von uns gibt's nichts"; „Er rennt blind in sein Verderben"

Oliver wusste von alledem natürlich nichts, Paula war allerdings klar, dass sie eben wieder mal Gedanken hören konnte und bekam Angst.

Als Tante Marie dann noch anmerkte, dass SIE die Erziehung des Kindes übernehmen wird, damit es anständig aufwächst und aus „ihm" was wird, wurde Oliver blass, Paula stand derart ruckartig auf, dass der Stuhl auf den Boden kippte und lief in die Küche. Tränen liefen ihr über die Wangen und das erste Mal seit vielen Monaten fühlte sie sich alleine und hilflos. Sie hörte noch, dass Oliver laut wurde und den Nachmittag beendete.

Dann wurde ihr schwarz vor Augen.

16

Paula wachte auf dem Sofa wieder auf und hörte noch wie Carla sagte: „Das hat sie doch jetzt mit Absicht gemacht!"

Was war passiert? Von wem redet sie denn? Und warum lag sie auf dem Sofa?

In dem Moment war Oliver schon wieder an ihrer Seite und schaute sie liebevoll an. Hoffentlich war sie jetzt nicht böse und würde wieder aus seinem Leben verschwinden.

Das war seine größte Angst. Paula war sein Leben und auch das Ungeborene in ihrem Bauch. Wie so waren sie so gemein? Immer wieder. Bei seinen Ex-Freundinnen hatte Oliver es genau so erlebt. Sie wurden schlecht geredet. Vorne wurde immer schön ins Gesicht getan, hintenrum hieß es dann immer, wenn eine Beziehung zu

Ende ging: „Na Gott sei Dank, sie war eh nichts für dich!"

Was sollte er tun, wie konnte er sich von dem Geschehen befreien? Dann schob er den Gedanken beiseite. Wenn das Baby erstmal da war, dann würde sich alles ändern.

Schließlich ist eine Familie für ein Kind immens wichtig und es würde sie alle zusammen schweißen. Er hoffte es zumindest. So ganz überzeugt war er allerdings nicht. Paula weinte seit sie sich an die unschönen Worte erinnert hatte. Es tat Oliver weh, sie so zu sehen und er spürte, dass sie sehr verletzt war.

War es im Leben wirklich so, dass man nicht alles haben konnte? Einerseits das große Glück in der Liebe, Aussicht auf Beständigkeit und auf der anderen Seite dann die Missgunst. Wieso hatte Oliver wirklich geglaubt, dass er diesmal von dem Schema verschont werden würde? Dass einfach mal nur Harmonie das Miteinander prägen könnte?

Oliver liebte Paula und würde sein Leben mit ihr

verbringen. Allerdings wäre es mit seiner Familie zusammen und gemeinsam schöner.

Es musste einen Weg geben. Er würde es mit Paula besprechen, sobald sie wieder fit sein würde.

17

So langsam rundete sich Paulas Bauch merklich. Es war zum Mäuse melken: Nichts schien mehr zu passen. Der aktuell brauchbare Kleiderschrank war äußerst spärlich bestückt. Und das trug auch nicht wesentlich zu Paulas Wohlbefinden bei.

Seit dem ominösen Kaffetrinken vor einigen Monaten war nichts mehr wie vorher. Die Liebe von Oliver und Paula wuchs und festigte sich von Tag zu Tag. Daran änderten auch die selbstgefälligen Ziegen nichts; soviel stand fest!

Doch Paula war vorsichtig geworden. Endlich nahm sie Olivers Warnungen ernst, dass sie nichts Intimes erzählen solle, dass sie immer auf der Hut vor den bösen Zungen sein solle. Oliver kannte dieses Schauspiel ja bereits von seinen vorherigen Beziehungen und konnte das ewige

BlaBla nicht mehr hören. Es war ja nicht nur so, dass sie bei Allem und Jedem etwas fanden, was falsch war. Nein, sie konnten alles besser, wussten alles besser und merkten nicht, dass sie damit an sehr vielen Stellen aneckten. Den meisten Menschen ging es wie Paula: Sie mochten die Drei Mädels vom Grill, sie mochten die Familie, allerdings nur solange, bis sie selbst Opfer der aus Langeweile entstandenen Geschichten und Gerüchten wurden.

So lebten die Zwei ihr Leben für sich, waren aber immer versucht, einen innigen Kontakt zur Familie zu halten.

Sie konnten nicht anders. Oliver hing an seiner Familie.

Paula war von ihren Eltern dazu erzogen worden, dass Familie immer „heilig" ist und zudem war Paula eine sehr taktvolle und höfliche Person. Nicht zuletzt aus ihrem Hexenglauben heraus. Paula würde Menschen niemals brutal vor den Kopf stoßen oder bewusst verletzten. Das war wohl der große Unterschied. Sie hatte immer wieder die Hoffnung, dass sich die Situation entspannen würde und sie eines Tages doch so akzeptiert werden würde.

Aber zu diesem Zeitpunkt prallten Zwei Welten aufeinander.

Doch heute war wieder ein Familientreffen angesagt. Cousin Marc hatte eine Freundin, man braucht nicht erwähnen, dass umgehend ein Rundruf gestartet wurde, dass man anzutanzen habe: Marc brächte seine Freundin mit.

„Freundin?", dachte Paula. Seit wann denn das ? Marc ist doch eher der ruhige Vertreter und hatte es nicht geheißen, dass er nix mit Frauen am Hut habe? „Ok, dann wollen wir das Date mal unterstützen!" da waren Oliver und Paula sich einig.

Mit diesen Gedanken war aber das Kleiderproblem noch nicht gelöst. Und Paula zog murrend eine Bündchen Hose und ein Sweat Shirt aus dem Schrank. ´Sehr weiblich, wirklich Klasse´, schmollte Paula innerlich und zog sich um.

Lukas bekam seine Spielhosen angezogen, damit er sich

getrost im Garten schmutzig machen konnte.

Als Oliver den Raum betrat pfiff er durch die Zähne.
Und küsste Paula innig. Er flüsterte ihr ins Ohr: „Du
bist die schönste Hexe, die auf dem Blocksberg
jemals getanzt hat!"

Oliver schaffte es immer wieder Paula glücklich zu
machen, er gab ihr das Gefühl Frau zu sein. Auch
das liebte Paula so sehr an ihm.

18

Das war sie also Diana, Marcs Freundin. Schon als
Oliver mit seinen Lieben ankam wurden sie
informiert, dass man gespannt sei, wie lange „das
halten" würde. Sie sei schon seit gestern da (Marc
wohnte mit seinen Eltern in einem Haus) und, dass
sie „verschnäkt" sei, also sehr verwöhnt,
wählerisch und sie nascht gerne. Diana trank keinen
Kaffee, nur Tee und aß sehr gerne eine bestimmte
Sorte Wurst. Das waren mächtig viele Informationen
für den Anfang. Paula war allerdings die Sorte
Mensch, die jedem erst einmal ganz offen und

herzlich entgegen kommt und sie freute sich auf die Begegnung mit Diana.

Beim Kaffee trinken saßen Paula und Diana sich gegenüber. Es war ein schöner Nachmittag und Paula mochte Diana. ´Es wäre ja schön, Verstärkung zu bekommen und einen guten Kontakt zur potentiellen Schwägerin zu haben´, dachte Paula und wurde jäh aus ihren Gedanken gerissen als sie wieder dieses Kribbeln im Nacken spürte und kurz darauf die gedachten Worte

vernahm: „Was will sie von ihm? Das ist ja ein ganz biederes Pärchen". Es kam aus der Richtung von Clara.

Sie war rausgeputzt als würde sie auf Männerfang gehen wollen, immer im feinsten Zwirn mit dem Hang zu etwas Billigem.

Diana war sehr sympathisch, sie war aber auch sehr zurückhaltend und wusste auch nicht so recht, wie sie dieses Aufgebot deuten sollte. Eigentlich war nur geplant, dass mit den Eltern Kaffee getrunken werden sollte.

Diana wurde regelrecht überrannt von der ganzen Sippe und Paula spürte dies deutlich. Etwas unwohl fühlte Diana sich auf jeden Fall und so klinkte Paula sich in die Gespräche wieder ein und versuchte Diana ein gutes Gefühl zu geben. Es war schön, vielleicht eine Freundin in der Familie zu haben. Aber man weiß ja nie, was den Bolds noch Alles einfällt……..

19

Da es ja noch ein Leben außerhalb des Bold´schen Clans gab, beschlossen Oliver und Paula kurzerhand mit Klein Lukas einen 4 Tages Trip an die Nordsee zu unternehmen.
Paula gefiel dieser Gedanke sehr; sie liebte das Wasser und den Wind. Beides sehr mächtige Elemente, deren Kraft sich Paula gerne zu nutzen machte. Es war klar, dass sie ein Kraftritual durchführen würde, um die noch anstehenden Anforderungen gut überstehen zu können.
Wir wollen dabei mal festhalten, dass es sich nicht um die

Geburt handelte, die ihr und der kleinen Pia in 16 Wochen bevorstand. Paula war sich bewusst, dass nur ihre und Olivers Liebe dem baldigen Schauspiel trotzen konnte.

Und diese Liebe wollten sie nun erstmal in vollen Zügen genießen, fernab von familiären Verpflichtungen, Einkaufsfahrten mit Tante Marie und fernab von den ständigen Lästereien. Mittlerweile waren ja nicht nur die eigenen Reihen betroffen, sondern auch Freunde der Familie. Ein befreundetes Ehepaar beispielsweise wurde permanent durch den Kakao gezogen, von „Faul" bis hin zu „Pleitegeier" war da alles dabei. Paula und Oliver konnten es wirklich nicht mehr hören. Paula konnte ganz und gar nicht verstehen, warum solche Gesprächsinhalte eine ganze Schar von Menschen so fesseln konnte. Es gab doch wirklich anspruchsvollere Themen, von Gott und der Welt zum Beispiel, es gab so viele Dinge, für die man sich engagieren konnte. Für Frauenrechte, für Patenschaften in der 3. Welt bis hin zu gemeinnützigen Themen im eigenen Land und so weiter. Es gab genug zu tun, zu diskutieren, doch leider war es mit den Bolds nicht möglich. Da blieb nur Gerda, mit ihr führte Paula wirklich gute und sinnvolle Gespräche. Schade, dass das nur möglich war, wenn sie alleine waren.

Jetzt war es schon wieder passiert!
Paulas Gedanken hingen an dem Familiengefüge fest.
Diese Menschen lagen Paula doch mehr am Herzen als sie dachte, sonst würde sie nicht alles derart hinterfragen und sich immer wieder Gedanken machen.
Aber jetzt war erst mal der Urlaub dran. Sie würde mit Oliver die anstehende Hochzeit planen. Das Fest sollte etwa 6 Wochen vor der Geburt der kleinen Pia stattfinden und würde schön, aber schlicht sein. Das Brautpaar hatte schönen Autoschmuck geplant, einen kleinen Empfang nach der standesamtlichen Trauung, Snacks und Freunde. Dann wollten sie ihren besonderen Abend

alleine verbringen und ihre Hochzeit genießen. Eine große Party hatten beide ja schon mit ihren Ex Ehepartnern gehabt. Die Feinheiten würden dann im Urlaub ausgefeilt werden.

Oliver hatte das Gepäck bereits ins Auto getragen und die kleine Familie war bereit zur Abfahrt.

Die Drei erlebten 4 wunderschöne, harmonische Tage. Sie fühlten sich wie befreit und genossen die gemeinsame Zeit.

Das Schicksal meinte es gut mit Paula, vor Ort traf sie zwei wunderbare Hexenfrauen. Die Chemie stimmte sofort und so war es kein Problem ein gemeinsames Fest zu feiern. Es war ein Feuerritual am Meer. Morgana, die jüngere der beiden Frauen hatte ein eigenes Grundstück in der Nähe des Meeres. Dort entzündeten sie ein Feuer.

Zu Beginn des Rituals riefen die drei Frauen die Elemente an:

„Wir rufen die Hüterin des Windes! Tritt bitte in unseren

Kreis!“

„Wir rufen die Hüterin des Feuers! Tritt bitte in unseren

Kreis!"

„Wir rufen die Hüterin der Erde! Tritt bitte in unseren Kreis!"

„Wir rufen die Hüterin des Wassers! Tritt bitte in unseren

Kreis!"

Morgana zog einen imaginären Kreis mit dem Schwert.

Sofort war die Kraft in dem geschützten Kreis spürbar, es war als wäre die Zeit stehen geblieben.

Und sie begannen ihr Kraftritual zu zelebrieren. Paula übernahm keinen aktiven Part, da sie Olivers kleine Hexe unter dem Herzen trug und so von dem aktiven Ritualgeschehen ausgeschlossen war. Das war allerdings nicht relevant für Paula. Sie fühlte sich so sehr gestärkt, dass sie nicht schlafen konnte und dennoch am nächsten Tag so fit war, als hätte sie 10 Stunden geschlafen.

Mit einem fertigen Hochzeitsplan und viel Liebe im Herzen machten sich die Urlauber wieder auf den Heimweg.

Es waren schöne Tage und das Ritual war wichtiger für Paula, als sie es sich vorgestellt hatte.

20

Einige Tage nach der Heimreise schickten Paula und Oliver ihre Einladungen für die Hochzeit an die Gäste. Mit der Bitte um Rückmeldung.

Rückmeldungen kamen prompt. Es wurde kurzum mitgeteilt, dass man das so nicht machen könne. „Ein Empfang sei ja wohl eine sehr schlechte Idee und die Hochzeit, ganz klar, völlig umgeplant werden müsse. So ginge das nicht, das wäre ja noch schöner!"

Aha ! Eigene Wünsche und Vorstellungen haben also auch keine Berechtigung akzeptiert zu werden. Alles muss so ablaufen, wie „man" es eben macht. Völlig egal, ob das Brautpaar andere Vorstellungen ihres schönsten Tages im Leben hatten.

Um Ärgernisse zu vermeiden fügten sich Paula und Oliver in den klassischen Ablauf einer Hochzeit und verzichteten auf ihren persönlichen Freiraum. Paula fand es schon schlimm genug keine passende Kleidung zu finden, die Schwangerschaft hatte ihr eine Schilddrüsenunterfunktion verpasst und sie war wirklich sehr rund geworden. Schöne Kleidung? Fehlanzeige! Sehr zur Freude von Clara, so hatte sie nach der Hochzeit wieder jede Menge Lästerstoff! Ach nein: „Wir lästern ja nicht, wir stellen nur fest!" (Aber scheinbar ohne vorher mal den Kopf einzuschalten und Hintergründe zu erforschen-dafür fehlte ihr ja der Einblick in das Leben von Paula und Oliver, wie auch?? Ihre Lebefreundinnen brauchten ja Unterstützung beim Betrügen der Männer)

Wieder schüttelte Paula, zum wer- weiß- wievielten- Male diese Gedanken von sich, weil sie spürte, dass diese innere Wut nicht gut für sie war. Um aber mit Clara doch mal noch ein gutes Verhältnis aufbauen zu können, beschloss Paula, diese zur Geburt von Pia einzuladen.

Paula war sicher, dass dieses Ereignis sie endlich mal näher zusammen bringen würde. Vielleicht bekam Clara dann mehr Zugang zu den wirklich wichtigen Dingen im Leben.

Das sollte ein großer Fehler sein. Zum Glück wusste Paula davon heute noch nichts, es hätte ihr ganz sicher schwer zu schaffen gemacht. Dazu aber an anderer Stelle mehr.

21

Mitten in der Nacht wachte Paula auf. Was war das? Dieses Ziehen im Unterleib kam ihr doch sehr bekannt vor. Aber es war recht harmlos, sollten das wirklich schon Wehen sein? War das nicht irgendwie heftiger ?

Paula lehnte sich im Bett zurück und beschloß, das Ganze zu beobachten, bevor sie Oliver weckte.

In der Tat, alle 10 Minuten ein Ziehen. „Schmerz ist allerdings etwas Anderes", dachte Paula und machte sich eine Tasse Tee. Es war 1 Uhr nachts. Sie hatte sowieso nicht schlafen können und eine schöne Tasse Tee, in dieser Sternenklaren Nacht würde ihr gut tun. Paula genoß diese Zeit, die sie in diesem Moment für sich alleine hatte und eine klitzekleine Aufregung machte sich in ihr breit, denn das Ziehen hörte nicht mehr auf und wurde etwas intensiver.Paula wusste allerdings, daß sie noch etwas Zeit hatte und kontrollierte ihre Kliniktasche.

Ursprünglich sollte es ja eine Hausgeburt werden, allerdings war es Oliver ganz und gar nicht geheuer und so wollte Paula im ansässigen Krankenhaus entbinden. Die Station war sehr liebevoll eingerichtet, die Kreißsäle bunt und freundlich, die Methoden sehr natürlich, so konnte Paula sehr gut mit dieser Entscheidung leben.

Bald würde die kleine Pia ihre Familie vervollständigen.

Mama Paula freute sich auf die kleine Hexe und beschloß

nun Oliver zu wecken und ihm zu sagen, dass seine Tochter sich auf den Weg machte.

„Schatz, unser Baby kommt!", weckte Paula ihn behutsam und sofort war Oliver hellwach. Er war sehr aufgeregt, ließ sich aber dann von Paulas Ruhe anstecken und nahm die ihm angebotene Tasse Tee sehr gerne an ! Anschließend weckten sie Lukas. Tante Marie hatte sich angeboten ihn zu nehmen und so wurde er mitten in der Nacht bei Tante Marie abgeliefert. Der kleine Kerl war ganz ausser sich vor Aufregung und konnte in dieser Nacht nicht mehr schlafen.

Etwa gegen 04.00 Uhr standen Paula und Oliver vor dem Kreißsaal. Eine wirklich nette Hebamme nahm die beide in Empfang und Paula fühlte sich auf Anhieb wohl. Die erste Untersuchung zeigte, daß der Muttermund bereits 2-3 cm geöffnet war. Es konnte also losgehen. Tapfer arbeitet sich Paula durch die Wehen. Es war wirklich nicht so schlimm, wie es immer heißt, anständig atmen war die

Devise und so vergingen die Stunden. Oliver war recht erstaunt, wie gelassen Paula die Geburt meisterte. Er hatte sich das eindeutig viel schlimmer vorgestellt.

Deshalb war er nicht sonderlich erstaunt, als gegen 8 Uhr die neue Hebamme nach dem Schichtwechsel ankündigte, daß sie für Paula ein Zimmer auf der Station reserviert hätte. AHA ??!!??

Paula schaute Oliver ungläubig an und flüsterte ihm zu: „ warum denn das ?? ich habe doch alle 2 Minuten Wehen, was soll denn das jetzt?" Nach der anschliessenden Untersuchung war klar, daß Paula nicht mehr auf die Station wechseln wird, der Muttermund war bereits 6cm geöffnet und die Hebamme doch sehr verwirrt, weil Oliver und Paula so viele Witzchen machten.

Das machte die Beiden so beliebt, sie hatten immer Humor, es gab kaum Situationen, die die Zwei aus der Fassung bringen konnten und Lachen stand tagtäglich auf der Tagesordnung. Also auch bei der Geburt.

Paula schlug nun vor, Clara anzurufen, ob sie bei der Geburt dabei sein möchte. Klar mochte sie und Paula freute sich auf die Gesellschaft von Clara. Kurz wurde Paulas Schiwegercousine bei den Hebammen angemeldet und kurz drauf war Clara im Kreißsaal. Mittlerweile wurde die Eröffnungsphase doch sehr anstrengend. Paula ging während der Wehen in sich, während die anderen Anwesenden sich über Gott und die Welt unterhielten. Das störte Paula keineswegs, denn in den Wehenpausen beteiligte sie sich gerne an den Gesprächen.

Mittlerweile war es fast Mittag. Paula hatte tatsächlich Hunger und war immer noch zuversichtlich, daß Pia bald da sein würde. Denn die Hebamme ließ verlauten, daß sie jetzt die Blase sprengen wolle, damit es richtig rund geht.

Paula wurde untersucht und die Hebamme sagte: „Das Kind ist weg!"

„Wie bitte???", fragte Paula panisch, „was ist los??"

„Ja, das Kind ist weg", wiederholte Sybille, die Hebamme und erklärte, daß Pia aus dem Becken wieder hochgerutscht sei und man nun einen Wehentropf anlegen würde, um „anständige" Wehen schnell zu erzeugen. Ab diesem Moment war Paulas gute Laune anständig in den Keller gerutscht. Sie bekam wirkliche Angst vor dem Tropf und betete zu den Engeln, daß es schnell vorbei gehen möge. Der Tropf wurde gesetzt, die Wehen schienen

Paulas Unterleib schier zu zerreißen. Es war der blanke Horror und so war es Paula schliesslich egal, daß unter Anderem auch Clara direkt zwischen Paulas Beine schauen konnte. Nach eineinhalb Stunden war Pia dann endlich geboren. Es war ein wunderbarer Moment. Dieses kleine Wesen zog sofort alle anwesenden in ihren Bann.

Tanta Clara trug Pia stolz auf ihrem Arm und tat ihre Bewunderung kund. Sie selbst, so sagte sie, habe nochmal ihre Geburt eben durchgemacht und es war eine Verbundenheit in der Luft, die auf vertraute Zeiten und somit auf familiären Zusammenhalt hoffen ließ. Allerdings sollte das ein Trugschluß sein..

Pia war erst einen Tag alt und schon zog es Paula nach Hause. So ließ sie sich kurzerhand von Oliver aus dem Krankenhaus abholen, um die restliche Wochenbettzeit daheim zu verbringen.

Stolz fuhr Oliver mit Paula und seiner kleinen Tochter zu seiner Tante und seinem Onkel. Dies war der erste Ausflug. Kaum angekommen, wurden die jungen Eltern mit guten Ratschlägen bedacht. Wenn man bedenkt, dass sich erstens die Zeiten geändert haben und zweitens Tante Marie nicht gerade eine liebevolle Erziehung bevorzugte an ihren Kindern, klangen die Tips, die keine Diskussionen zuließen doch etwas wie Hohn.

Paula nahm sich ganz fest vor, dies nicht zum Thema werden zu lassen und höflich und freundlich ihre eigenen, bewährten Standpunkte zu vertreten.

Als allerdings gleich mit einer rosa Cremedose angerückt wurde um das Baby einzuschmieren platzte Paula innerlich bereits das erste Mal von vielen der Kragen.

„Bitte keine Creme, solange es nicht wirklich notwendig ist", bat Paula. Es nützte ihr nur nichts, denn schon „roch das Baby so gut nach Babycreme". Damit begann teil Eins der familiären Odysee, die sich noch mächtig ausweiten sollte.

Gerda war vollkommen vernarrt in die kleine Pia. Es war schön anzusehen, wie sehr die beiden sich verstehen und Paula genoß die regelmäßigen Besuche von Gerda sehr.Die zwei Frauen verstanden sich wirklich gut und Paula hatte den Eindruck, daß sie sich deutlich in ihrer Art von Marie und Clara abhob. Paula vertraute ihr, obwohl Oliver immer wieder eindringlich warnte, denn er wollte nicht, dass Paula enttäuscht werden würde.

22

Pia war ein sehr braves Kind. Sie schlief zuverlässig, war fröhlich und neugierig und schimpfte wenig. Sie war neugierig und erkundete die Welt. Klar, daß die jungen Eltern gleich ersteinmal aufgeklärt wurden, daß sich das ändern wird: „Brave Wiegenkinder gibt böse Gassenkinder", war die Devise und die jungen Eltern waren sich nun nicht im klaren darüber, ob sie nun das pflegeleichte Kind genießen durften oder nicht. Clara ließ sich nicht nehmen monatelang zu erwähnen: „Das habt ihr gar nicht verdient". Paula war unbewusst bereits klar, dass Clara das leider sehr ernst mit dieser Aussage meinte.

Bei jedem Besuch, und davon gab es seitens von Paula und Oliver mehrere in der Woche, denn schließlich gehört Familie ja gepflegt, gab es diverse

Anweisungen: „Du musst Pia 4 Stunden hinziehen";
„Du musst Pia nach 4 Stunden wecken, damit sie
sich an den Rhythmus gewöhnt!" Paula musste und
musste und musste.

Sie konnte es nicht mehr hören und auch Oliver war
sehr genervt. Die Zwei waren aber sehr geduldige
und liebevolle Zeitgenossen und so konnten sie diese
Anforderungen geschickt umspielen. Sie waren
einfach glücklich und liebten sich nach wie vor.
Unzertrennlich nannten sie ihre Freunde, schade nur,
dass wegen der zahlreichen Familienverpflichtungen
Freundschaften auf der Strecke blieben.Aber
zunächst zählte die kleine Familie mit Oliver, Paula,
Lukas und Pia.

Ganz im Hintergrund machte sich scheinbar ein
Stück weit Neid breit. Paula konnte es deutlich
spüren und plagte sich mittlerweile wieder mit
Träumen, die ihr den Weg wiesen. So tat sie das,
was sie dann immer zu tun pflegt:

Sich ablenken und ein Projekt suchen. Und Paulas
Projekt sollte Diana sein. Marc zeigte Interesse an

dem Baby und wenn er mal da war, beschäftigte er sich wirklich liebevoll.

Diana machte aber zunehmend einen distanzierten Eindruck auf Paula, so dass die heimliche Hexe sich vornahm, Diana wieder ins Familienboot zurück zu holen.
Das sollte sich als gar nicht so einfach erweisen, denn Diana mied Paulas Nähe, wo immer sie konnte. Sie mied sowieso die Nähe der Familie, aber Paula spürte, dass mehr dahinter steckte.

23
Es war wieder einer dieser schönen Nachmittage auf der Terrasse der Bolds. Eines musste man ihnen lassen, feiern konnten sie und Tante Maries Kochkünste waren einfach unschlagbar. Es war ungesund zwar, aber immer
einmalig schmackhaft. Es wurde viel gelacht. Klar, dass auch über andere geredet wurde, aber daran hatte sich Paula definitiv mit der Zeit gewöhnt.

So war es ganz besonders nett, dass Diana bei Paula am Tisch saß. Diana war glücklich, man konnte es ihr regelrecht ansehen.Ja, sie war sehr verliebt in Marc und auch er blühte sichtlich auf und blieb ganze Nachmittage oder Abende bei der feiernden Gesellschaft.Das war man von ihm gar nicht gewöhnt, aber es war schön, denn seine Gespräche waren inhaltlich deutlich anspruchsvoller und es war eine Freude Zeit mit ihm zu verbringen. Gerda saß auch dabei, sie war sowas wie eine Vertraute von Paula geworden. Sie trafen sich nicht selten und Gerda war mit ihrem Mann durchaus auch des Öfteren bei Paula und Oliver zu Besuch.

Mittlerweile war Paula mit dem Zweiten Baby schwanger. Diese Schwangerschaft war nicht ganz so einfach, Paula hatte sehr viele Schmerzen und das Laufen fiel ihr sehr schwer. So saß sie die meiste Zeit auf dem Stuhl, viel lieber wäre sie in die Küche gegangen zu den anderen Frauen um zu helfen, doch leider war es ihr nicht möglich.

Es waren ja nur noch 7 Wochen bis zur Geburt. Klein Pia flitzte von einem zum anderen und war ein richtiger Wirbelwind, grad 1 Jahr alt geworden und Paula musste oft um Hilfe bitten, wenn Pia wieder mal unterwegs war und bespasst werden wollte. Oliver nahm Paula vieles ab, das war für ihn selbstverständlich, für andere aber scheinbar nicht.

Paula saß mit Diana und Gerda am Tisch und Diana schwärmte von ihrem Liebsten: „ Er ist so lieb, er liest mir jeden Wunsch von den Augen ab" und schaute ihn dabei liebevoll an. Paula schmunzelte und sagte: „ Das muss wohl an den Bold Genen liegen, denn mein Oliver ist auch so süß, wenn ich Lust auf Eis habe, dann flitzt er los und besorgt welches.."
Dann stand Gerda wortlos auf und ging in die Küche. Was sich dort abspielte, sollte Beispielhaft für die kommende Zeit sein. Man munkelt, Gerda ging zu ihren Eltern und sagte: „Paula
sitzt draußen und sagt doch allen Ernstes:Ich habe Oliver total im Griff, er macht alles was ich will!".
Dieses Gerücht blieb bisher allerdings unbestätigt.

Daraufhin nahmen die Bolds sich heraus Diana den Umgang mit Paula zu u n t e r s a g e n, denn sie sei kein Umgang für sie !

Paula wußte draußen von dem Schauspiel zum Glück nichts, denn sie wäre ganz sicher da rein und hätte jegliche Erziehung vergessen, wenn sie sich dessen bewusst gewesen wäre.

Schade nur, daß Lukas, der im Wohnzimmer Fernsehen schaute hörte, wie gesagt wurde: „ Paula hat an Olivers Seite und in diesem Haus nichts verloren!"

So ein 7 jähriger kann mit solchen Worten nicht gut umgehen und es sollten noch einige Dinge kommen, die dem in Nichts nachstehen.

Paula ist sehr gut erzogen worden. In ihrem Elternhaus wurde auf Taktgefühl und Ehrlichkeit sehr großen Wert gelegt. So kam sie nie und nimmer auf die Idee, dass sich derartige Dinge abspielen könnten. Denn bis dahin lachte ihr wirklich jeder ins Gesicht, alle waren freundlich, Paula gehörte vordergründig dazu. Was hintenrum los war sollte sich nach und nach noch rausstellen.

Dazu kam noch die Situation, daß Clara auch abends auf der Party erschien. Diesmal hatte sie einen Mann dabei, denn alle nur vom Hörensagen kannten. Nach den Erzählungen hatten alle einen Adonis erwartet, der den Mädels glatt die Schuhe von den Füßen fegen sollte. Um so erschrockener waren alle als er dann tatsächlich leibhaftig vor ihnen stand. Er war relativ groß, hatte ledergegerbte Solariumhaut und von dem Inbegriff eines attraktiven Mannes weit entfernt. Er schaute in die Runde, als wenn er nicht bis drei zählen konnte. Ersteinmal herrschte betretene Stille und dann ging das Gerede los. Damit Clara davon nichts mitbekommen sollte, wurden heimliche SMS geschrieben, in den Zeiten von Flatrates war es ja egal, ob man sich nun gegenüber saß oder nicht, der Preis blieb sich ja gleich.

Paula lehnte sich mit ihrem Kugelbauch zurück und beobachtete das Schauspiel mit Genuß, denn ihr war nicht entgangen wie abschätzend Clara auf Paula schaute und sie sogar beim Vorstellen komplett übergangen hatte.

Clara hielt Paula tatsächlich für blöd und naiv, für Olivers Hausdrachen und für einen Eindringling in die Boldsche Familie. Wie sehr sich alle über sie amüsierten und wie über sie und ihren „Adonis" gelacht wurde, merkte sie dabei nicht.

Paula entging in der Zeit nicht, daß Clara ständig an Adonis rumknabberte, ihre Hände in seinen Hosen verschwinden ließ und ihn immer wieder lüstern anschaute. An diesem Abend sollte in den Geburtstag der jüngsten Boldschen Cousine reingefeiert werden. Paula hielt allerdings den Abend nicht durch und machte sich schonmal auf den Heimweg. Oliver und Lukas wurden später nach Hause gefahren.

Clara schaffte es allerdings auch nicht, den Abend durchzuhalten. Sie zog es vor, mit Adonis zu einem Schäferstündchen nach Hause zu fahren und tat dies in ihrer sehr offenen Wortwahl auch noch kund. Das sorgte für helle Aufregung und sollte noch wochenlang für Gesprächsstoff sorgen. Diesmal war sie an der Reihe, dass die Bolds kein Gutes Haar an ihr ließen, im Gegenteil, wenn sie gewußt hätte, wie sie alle über sie denken und reden, dann wäre die Hölle los gewesen ! Die Situation spitzte sich zu, als sich herausstellte, dass sie in dieser Nacht noch zu einem weiteren Mann fuhr. Ab diesem Moment war Clara eindeutig bei Paula „unten durch" und Paula machte sich keine Gedanken mehr um die Lebedame ohne sinnvolle Lebensinhalte.

Doch so einfach sollte es gar nicht werden, sie zu ignorieren.

23

Paulas Schwangerschaft zog sich am Ende wie Kaugummi. Die Schmerzen steigerten sich ins unerträgliche. Dazu kam noch, dass es Olivers Onkel nicht gut ging und sich seine Klinikaufenthalte aneinanderreihten. Paula ließ es sich jedoch nicht nehmen ihn regelmäßig zu besuchen. Sie trotzte den Umständen und quälte sich immer wieder auf den Weg in die Kliniken.

Paula mochte Olivers Onkel sehr, auch wenn er

nachweislich auch Dinge sagte, die erstens nicht stimmten und wenn, niemanden zu interessieren hatten.

Paula war allerdings klug genug um zu wissen, dass er sich nur dem weiblichen Intrigennetz nicht entziehen konnte und seine Meinung schlussendlich nicht wirklich gezählt hätte. Oft hatte sie mit ihm alleine zusammen gesessen und spürte deutlich, dass er sie mochte. Er sagte es ihr auch immer wieder deutlich, aber fast ausschließlich nur, wenn sie alleine waren. Später sollte Paula bewusst werden, warum es so war.

Oliver freute sich sehr auf sein Zweites Kind und es fiel ihm sehr schwer morgens aus dem Haus zu gehen, weil er wußte, daß Paula mit den Zwei Kindern und den körperlichen Beschwerden nicht einig werden konnte. Er hoffte, daß die Geburt nicht mehr so arg lange auf sich warten ließ. Vorher sollte aber noch sein Geburtstag stattfinden. Es war der 40. Geburtstag, er sollte schön gefeiert werden.

Einige Wochen vor der Geburt planten Paula und Oliver den Geburtstag. Ein schöner Tag sollte es werden, mit Kaffee, Kuchen und einer schönen, ausgelassenen Feier abends. Paula liebte ihren Oliver sehr und ließ es sich nicht nehmen ihren Kuchen selbst zu backen und ein leckeres Menü für den Abend zu zaubern. Nur die Festbänke und Garnituren musste Oliver selbst tragen.

Lukas half tatkräftig mit und freute sich auf die Feier. „Ich freue mich so auf den heutigen Tag!", sagte Oliver und nahm seine Paula fest in den Arm. „Aber noch mehr freue ich mich auf unsere Zweite kleine Hexe", flüsterte er und gab Paula einen Kuss. Der Nachmittag rückte Näher, gleich würden die ersten Gäste kommen. Schon klingelte es, Olivers Tante und Onkel und seine jüngste Cousine, die wieder aus den USA gekommen war standen in der Tür. Paula kannte sie noch nicht, und freute sich, Melanie nun endlich kennenzulernen. Bei der Begrüßungsfreude nahm Paula gar nicht wahr, dss Tante Marie eine Torte mitbrachte. Wirklich aufgefallen war es Paula erst, als nach der Party, als von ihrem Kuchen noch fast alle Stücke auf dem Blech waren.

So langsam ging es auf den Abend zu, Clara zeigte unterdessen auf dem Balkon ihr neues Intimpiecing, das sahen auch die anwesenden Männer im Raum und es sollte noch lange für Kopschütteln und Gesprächsstoff sorgen. So wirklich gut angekommen war diese Aktion nicht. Genauso wenig wie die Tatsache, dass Clara lässig auf dem Stuhl vor dem PC hing und mal eben alle ihre Bettgefährten in dem Flirtforum zeigte, nicht ohne peinliche Geschichten dazu zum Besten zu geben, die irgendwie niemand so wirklich hören wollte. Paula fragte sich wieder einmal, ob sie die Grenze des guten Geschmacks einfach nicht erkennen konnte, oder wollte.

Die Bolds ließen oft kein gutes Haar an ihr, Sprüche wie: „Sie wird noch mal in der Gosse verrecken" waren da an der Tagesordnung. Gut Paula hielt von Clara auch nicht mehr viel, versuchte aber anfangs immer noch, sich da raus zu halten oder Partei zu ergreifen.Schade nur, dass Paulas Alarmglocken noch nicht schrillten.

Hatte Paula wirklich geglaubt, dass ein liebevoller Umgang und Hilfsbereitschaft in der Familie sie verschonen würde ?

Der Abend kam und Oliver bereitete die Party und das Essen vor, es war ja bereits alles von Paula vorbereitet.

Plötzlich stand Clara auf und ging. Sie müsse noch weg.

Es dauerte keine 10 Minuten und die Bolds waren verschwunden. Wie auf Kommando.

Die Party wurde dann im kleineren Rahmen gefeiert, aber dafür sehr ausgelassen bis in den Morgen.

Später sollte Paula erfahren, dass es verabredet war, VOR dem Abendessen zu gehen, sich Hähnchen zu kaufen und diese bei den Bolds auf der Terrasse zu essen, weil man „Paulas Fraß ja nicht fressen könne". Das erkläre auch den mitgebrachten Kuchen, denn Paulas Kuchen wurde gemieden. Diejeniegen, die von dem Kuchen aßen bekamen Anrufe, ob sie „noch ganz sauber wären" von Paulas Kuchen zu essen, ob sie nicht gemerkt hätten, dass keiner davon ißt und das solle nicht mehr vorkommen, sonst wäre „Polen offen".

Ab diesem Tag war Paula sehr vorsichtig geworden und fühlte sich nicht mehr wohl. Oliver dagegen versicherte Paula,dass er diese Machenschaften bereits kenne, dass es bei seiner Ex Frau genau so war und niemals eine fremde Person in der Boldschen Familie wirklich Achtung und Respekt bekommen würde.

Diese Tatsache machte Paula kurz vor der Geburt sehr zu schaffen. So etwas kannte Paula ganz und gar nicht. Und Ja, ein wenig geriet Paulas Weltbild durcheinander.

Doch es sollten noch mehr Dinge ans Licht kommen.

Diana hatte auf der Party Paula genau beobachtet. Nachdem sie ja den Umgang mit Paula verboten bekommen hatte, nachdem sie vollends aufgeklärt war, wie schlecht Paula und Oliver doch seien, wie verwahrlost die Kinder wären und dass Paula nichts kann (weder kochen, noch putzen, noch backen, noch waschen, noch gut aussehen, noch Kinder erziehen) wunderte sie sich etwas, denn das Essen war gut, der Kuchen appetitlich, die Wohnung sauber und modern eingerichtet und die Kinder sehr weit entfernt von irgendwelchen Verwahrlosungsanzeichen. Diana fand es im Grunde ober peinlich, dass Paula sich der Familie so anbiederte. Ja, schon fast rum schleimte. Bei dem, was diese Familie tagtäglich über Paula zu erzählen weiß, kann Paula nur dumm oder hinterhältig sein, sich dennoch so freundlich und hilfsbereit zu verhalten. Bis dahin war Diana nicht bewusst, dass Paula von alledem noch gar nichts wusste.

Denn Diana selbst lebte ja zeitweise auch in dem Boldschen Haus. Sie höre vieles, was sie besser nicht hören sollte. So wusste Diana, welche Dinge über sie erzählt wurden. Es ähnelte stark den Aussagen über Paula, sie waren beide schlecht für ihre Männer, konnten nichts und würden die Männer ruinieren. So die einhellige

Meinung. Oft wurde sie Zeugin von Lästereien und das war der Grund warum sie sich so abweisend der Familie gegenüber verhielt. Sie liebte ihren Marc sehr und würde ganz sicher nicht das Weite suchen. Und Paula konnte ja auch nicht ganz echt sein ! Diana fand sich mit dem Gedanken ab, ein Außenseiter in der Familie zu sein. Marc war es ihr wert und er ließ sie täglich spüren,dss nichts und niemand sie auseinander bringen konnte. Sie hatte das Glück von Anfang an sehr rationell gewesen zu sein. Es ist in ihrem Wesen verankert, sich nicht sofort emotional an Menschen zu binden, sondern ersteinmal abzuwarten. Anders als Paula, die immer gleich alles gibt, die sich mit allen Fasern in Situationen begibt. Paula war nicht blöd oder naiv, sondern Paula hatte ein großes Herz, jeder bekam bei ihr neue Chancen. So war sie erzogen.

Das war auch der Grund warum Paula sich immer wieder in Dianas Nähe begab. Zu diesem Zeitpunkt waren die beiden so weit voneinander entfernt wie zwei Planeten im All. Zum Glück sollte sich das bald ändern.

24

Die Tage zogen dahin, Paula und Oliver hatten mit ihren Kindern und dem wirklich mächtig dicken Bauch. Der Alltag war nicht einfach, dennoch freuten sich Beide auf die kleine Prinzessin. Luna sollte sie heissen und die Ärzte prognostizierten ein grosses Baby. Das machte Paula zwar keinen Mut, aber auch nicht wirkliche Angst.

Sie genoss die letzten Tage und so wartete sie am Donnerstag Abend auf Oliver, der Spätschicht arbeitete.

Plötzlich erhielt Paula eine SMS von Oliver, die sie erst nicht verstand. Darin stand: „Ich kann die genau sagen, warum keiner deine Frau unterstützt: Weil sie keiner mag !" Aha, dachte Paula, „was ist denn nun los?". Dann folgte die nächste: „ Du kannst deine Tante und Onkel und deine Cousins und Cousinen fragen, wir sind uns alle einig, dass du Kuckuckskinder großziehst, dass deine Frau dich ruinieren wird, einmal hat sie es schon gepackt, frag deinen Onkel, was er von ihr hält.Es traut sich keiner es dir zu sagen weil alle wissen, wie du reagierst. Ich mag eine Schlampe sein, aber so faul wie deine Frau bin ich schon dreimal nicht!"

„Ups, was ist denn nun los ?", dachte Paula und fragte

sich woher Clara, die SMS schrieb sie an Oliver, ihre Weisheiten haben wollte. Bestimmt hatte sie Kontakt zu Paulas Ex Mann, denn er war der Einzige, der diese Auffassung vehement vertrat. Dabei hatte er es prima selbst geschafft sich zu ruinieren, aber das ist eine andere Geschichte. Und faul war Paula ganz sicher nicht, sie war lediglich durch ihre Beckenbeschwerden arg eingeschränkt, aber wahrscheinlich hat sie sich das in den Augen der Bolds nur eingebildet. Prima, wenige Tage vor der Geburt. Selbst wenn diese üble Nachrede den Tatsachen entsprochen hätte, wäre es taktvoll gewesen damit bis nach der Geburt zu warten. Takt ist Clara allerdings schon immer ein Fremdwort gewesen. Nach den Geschichten der Bolds zu urteilen, hatte Clara sich schon einige sehr taktlose Dinge geliefert, die heute noch für jede Menge Gesprächsstoff sorgen.Und das alles nur,weil Oliver das laut aussprach, was alle dachten: Kann Clara sich nicht mal beherrschen oder muss sie sich immer wie eine Schlampe benehmen? An dem Abend als

Clara sich nicht in der Lage fühlte, die Feier bis zum Ende mit zu feiern, sondern lieber ihren Hormonen nachgab gingen die Handys aller Familienmitglieder heiß und der Titel fiel bei allen anwesenden, nur war Oliver in dem Fall mal wieder, wie so oft, der Dumme !

Kurzerhand brach Oliver den Kontakt zu seiner Familie ab.

Lediglich Gerda war noch fest in seinem Herz verankert.Oliver ließ keinen Zweifel daran aufkommen, dass er bedingungslos hinter seiner Familie stehen würde.

Und so rückte der Tag von Lunas Geburt mit einem bitteren Nachgeschmack näher.

25

Es war soweit. Paula wurde morgens um halb fünf wach und wusste genau, wenn sie sich jetzt bewegen würde, läuft das Fruchtwasser raus. Und genau so war es.

Im Gegensatz zu den anderen Geburten, wo Paula ersteinmal die Ruhe selbst war, hatte sie es diesmal besonders eilig. Rasch rannte sie in die Dusche, um sich dort, während das Fruchtwasser lief die Zähne zu putzen.

Oliver konnte sich ein schmunzeln nicht verkneifen und plötzlich lachten sie beide. Die erste Anspannung wich und die werdenden Eltern machten sich rasch auf den Weg ins Krankenhaus, wo nur 5 Stunden später die kleine

Luna das Licht der Welt erblicken sollte. Es war ein wunderschöner intimer Moment. Diesmal waren ausser der Hebamme und der Ärztin keine weiteren Personen anwesend. Die Geburt verlief problemlos und ohne Verletzungen und schon gegen Mittag war Paula mit ihrer kleinen Tochter auf der Station.

Paula wusste, dass sich ausser ihren Eltern wohl nur

Freunde melden würden um zu gratulieren. Ja, sie war sogar sicher. Dann geschah das Unfaßbare. Die Bolds riefen an und gratulierten und am nächsten Tag waren sogar alle da, um die neue Erdenbürgerin zu begrüßen.

In diesem Momet war Paula relativ ausgesöhnt und wollte ein neues Leben mit der Familie beginnen.

Wir brauchen nicht darüber zu reden, daß Clara natürlich nicht da war und es war wohl auch besser so, denn Paula fühlte sich anfangs sehr befangen.

Sie frage sich, warum jetzt alle da waren, obwohl das Gerücht rum ging, dass die Kinder doch sowieso nicht von Oliver waren. Vielleicht die Neugier, vielleicht Interesse. Es war Paula egal. Die kleine Luna war geboren und gesund, das war alles was zählte.

Nach nur einem Tag waren Luna und Paula wieder daheim. Sie erfreuten sich an der vielen Schmusezeit, an Besuchen und Glückwünschen.

Gerda war in den ersten Tagen immer an Paulas und Lunas Seite und war eine wirklich angenehme

Gesellschaft und es keimte Hoffnung in Paula auf, dass sich die Lage endlich mal beruhigen würde. Aber auch da sollte es wieder anders kommen.

26

Einige Monate vergingen. Paula fühlte sich wohl und es ging ihr von Tag zu Tag besser.

Von Diana und Marc hörten sie relativ wenig, dann kam auch die Zeit, dass es hieß, Marc würde beruflich ins Ausland gehen und seine Diana mitnehmen. Paula war traurig, denn so konnte sie ja ganz schlecht eine Freundschaft zu Diana aufbauen, zumal diese sich sowieso sehr komisch verhielt. Aber das war ja eh Thema in der Familie, dass sie ein sehr eigenartiges Verhalten an den Tag legt. Später sollte sich noch herausstellen warum das so war.

Eines Tages hatte Paula eine Idee, sie würde Diana im AOL Messenger anschreiben. Irgendjemand hatte ihr die neue AOL Adresse gegeben.

*Hallo wie gehts dir?", schrieb Paula und wartete auf Antwort. „Gut, danke" kam zurück. Diana saß vor dem Pc und dachte:"Oh nein, wer hat DER denn meine AOL Adresse gegeben?" Auch das noch, die letzte die ich jetzt brauche is Paula. Schliesslich hatte die Familie ihr ja den Umgang mit Paula untersagt, weil sie kein guter Umgang sei. „Naja", dachte Diana, „über den Messi kann ja nicht viel passieren!"

So gegann das Gespräch ziemlich oberflächlich.

Keiner könnte es heute noch nachvollziehen wie sie darauf kamen, auf jeden Fall bemerkte Diana, daß IHR Feind in der Familie Tante Marie wäre!. Paula versuchte zu schlichten, schließlich ist sie eine alte Frau, erst Witwe geworden und brauchte Zuwendung. So schlimm konnte Tante Marie ja nun doch nicht sein, viel eher war Paula der Meinung, daß Clara des Übels Wurzel war.

Clara schaffte es immer wieder durch bissige Bemerkungen ihr Umfeld gegen andere Menschen aufzuhetzen. Man war es schon gewohnt, dass ihr Freundinnen ständig kamen und gingen und nicht wirklich eine Beständigkeit zu erkennen war.

Paula meinte es gut und erschrak regelrecht, als Diana

schieb: „ Meinst du, über Euch redet sie gut??"

Paula las den Satz nocheinmal und stutzte. Naja, wir kümmern uns um Tante Marie, fahren mehrmals in der Woche mit den Kindern zu ihr, wir sind da, wenn wir gebraucht werden, sind aufrichtig, liebevoll und verläßlich, was soll es denn da schlecht zu reden geben??, dachte

Paula und war sehr gespannt.

Diana packte aus, denn schliesslich lebte sie ja zeitweise mit den Bolds unter einem Dach und hörte sehr viel, über sich, über Andere. Sie war komplett informiert und scheute

sich nicht, Paula darüber aufzuklären, daß es heißt, sie könne weder kochen noch putzen, Fertig Mix Tüten seien an der Tagesordnung, backen können Paula gar nicht, die Kinder seien verwahrlost und man müsse das essen zu Paula und Oliver tragen, sonst gäbe es gar nichts! Mal

abgesehen von der Kaffeemilch, die man selbst mitbringen müße und Paula hätte Oliver voll im Griff. Daraufhin mußte Paula nun doch mal Lachen, denn Oliver war ganz sicher kein Mann, der sich Vorschriften machen ließ. Paulas Backkünste konnten sie auch nicht beurteilen, da sie ja den Kuchen regelmäßig nicht anrührten und vor dem Abendessen ging man auf einem Geburtstag demonstrativ nach Hause um dort gemeinsam Hähnchen zu essen, weil man Paulas Fraß ja nicht essen könne-so der O-ton von Carla und Familie.

Nun ja, das saß ersteinmal und Paula war sehr traurig darüber, dass ihr diese Dinge nie jemand ins Gesicht sagte und sie sich hatte so täuschen lassen ! Zumal andere Menschen in Paulas Leben sehr wohl gerne bei ihr aßen.

Und dazu stand ja immer noch die Aussage im Raum, die Kinder seien nicht von Oliver. Ja von wem denn sonst???

Hieß Paula vielleicht Clara??? So dass man annehmen müßte es kämen mehrere Väter in Frage ? Wohl kaum.

Lange Zeit später sollte Paula erfahren, woher das Gerücht kam: In der Zeit als Paulas kleiner Sohn in die Schule kam, verbrachte sie den Tag mit ihm und

seinem Vater um die Einschulung zu feiern. Dort soll
es dann passiert sein, dass kam den Bolds nämlich
sehr sehr komisch vor. Nun denn, die Einschulung
war im Herbst 2004, das erste Baby aber kam im
April 2006.

Der

Aufmerksame Leser wird sich über die lange
Schwangerschaft ganz sicher sehr wundern.

Oliver war darüber sehr aufgebracht und brach den
Kontakt zu der Familie rigoros ab !

Es blieb ein Kontakt zu jüngsten Cousine und deren
Freundin Funda. Die Zwei hatten sich in der
Zwischenzeit auch zerstritten, sodaß Paula während
der Zeit persönlicher Probleme immer für Funda da
war und sie sich ab und zu trafen und sehr oft
telefonierten.

Auch Funda wußte einige Dinge zu berichten, die
Paula sehr schockierten. War es wirklich so, dass es
keine anderen Themen gab außer Paula und Oliver ?
Gab es immer nur etwas zu meckern ? Gibt es
überhaupt Menschen außerhalb der Boldschen
Familie die

IRGENDETWAS konnten?? Man hatte nicht den Eindruck.

Paula und Oliver wollten doch nur ihr Glück genießen, sie waren Familienmenschen und es hätte alles so schön sein können, aber es sollte wohl nicht sein. Vor allem Gerda fehlte Paula sehr. Doch leider schien die Situation nicht zu ändern zu sein.

Dann kam die Zeit in der immer wieder Geschichten von Clara an Oliver und Paula herangetragen wurden. Jetzt war wohl Clara dran, den Haß der Familie auf sich zu ziehen. Es gab wirklich niemanden, der ihre Eskapaden in irgendeiner Form gut fand, im Gegenteil.

Paula war klar, dass sie da absolut schmerzfrei sein würde, denn eines hatte sie beobachtet. Clara kam nur wenn sie etwas brauchte. So war es schon immer und so wird es wohl auch bleiben.

Paula und Oliver verlebten ein sehr sehr ruhige Zeit. Ruhig und glücklich und ohne Hetzereien und Gerede.

Zumindest eine Weile, bis scheinbar Funda wieder mit Clara und den Bolds Kontakt hatte.

Von diesem Augenblick ging der Internet Terror los.

In einem bekannten Messenger System kann man ja immer wieder kleine Nachrichten schreiben und so blieb es Paula nicht verborgen, dass die Herzereien und Lästereien wieder Einzug gehalten hatten.

Es ging sogar so weit, daß Funda mit Clara einen Schlagabtausch veranstaltete, in dem deutlich zu lesen war, wie assozial Paula und Oliver doch wären, wie ekelig und dass sie wohl schon genug Schaden angerichtet hätten.

Soso..na dann. Schaden konnten die Beteiligten Menschen für sich selbst genug anrichten. Dafür waren weder Paula noch Oliver nötig. Jeder gestaltet sein Leben selbst und hat auch ensprechend die Fäden zum Glück in der Hand.

Ja glaubten die Damen denn wirklich Paula sei blöd und wisse nicht was da abläuft?

Wahrscheinlich, denn es nahm und nahm kein Ende und gipfelte darin, dass Paula eine sehr beleidigende Mail erreichte. Zu diesem Zeitpunkt war Paula allerdings schon derart abgehärtet, dass sie diese nach den ersten 2 Sätzen einfach löschte und alle Kontakte die damit zusammen hingen entfernte. Sollten sie doch in ihrem Wahn grad tun und lassen was sie wollten. Paula und Oliver war es ab diesem Tag vollkommen egal !!

Immer wieder war Paula dankbar für die große Liebe, welche ihr Oliver entgegenbrachte. Er war wirklich ein Goldschatz und die mittlerweile ja recht große Familie verbrachte ein wunderbares Jahr voller Liebe, Freundschaften und ganz viel Spaß. Komischerweise fehlte der Rest der Verwandschaft nicht wirklich. Klar, es gab Momente an denen man Freunden davon erzählte. Diese schüttelten meist nur den Kopf. Viele kannten solche Storys durchaus auch und waren der Meinung, dass es ihnen ganz sicher ohne Kontakt besser gehen würde. Nun hatten Oliver und Paula auch genügend Zeit sich um Freundschaften zu kümmern, es gab wirklich sehr wertvolle Menschen im Umfeld und die Zeit wurde niemals langweilig.

Immer wenn Marc und Diana im Lande waren, trafen sie sich. Sie genossen ihr Miteinander, die Cousins lernten sich erstmalig richtig kennen und schätzen.

Was war nur in All den Jahren geschehen? Sie hatten gar kein Interesse aneinander, was ja auch klar war, denn es wurde bei dem Einen ja auch regelmäßig über den Anderen geschimpft.

Paula wußte: es war gut so wie es jetzt ist. Schöner wäre es ohne diese Intrigen, aber man kann sich seine Freunde nun mal aussuchen-auch innerhalb der Familie !!

Als etwa eineinhalb Jahre vergangen waren, brachte ein besonderer Umstand einen zaghaften Kontakt. Paula hatte die Gelegenheit mit Gerda ein langes und intensives Gespräch zu führen. Vieles wußte Gerda bereits, einige Dinge aber, waren ihr neu und sie verstand, warum Paula und Oliver sich zurückgezogen hatten.

Langsam wurde der Kontakt wieder aufgenommen. Paula war kein nachtragender Mensch und neigt dazu, immer wieder neue Chancen zu geben. Eine erneute Enttäuschung wäre allerdings ein endgültiger Abschied vom Familienleben, denn Diana und Marc sind wieder im Lande, endlich in der Nähe. Sie sind nicht bereit, wieder zarte Bande zu knüpfen. Das ist ok.

Aber sie sind eindeutig in Paulas und Olivers Herz verankert und werden immer einen großen Raum im Leben einnehmen.

Die Kinder genießen es mit Oma und Tanten und Onkeln und Cousinen und Cousins zu leben. Das sollen sie auch.

Es ist wirkliche Liebe die sie mit ihrer Familie verbindet.

Und das möchten Paula und Oliver ihnen auf gar keinen Fall mehr nehmen.

Ende

*Das Glück deines Lebens hängt von der
Beschaffenheit Deiner Gedanken ab ! (Marc Aurel)*

Impressum

Bibliografische Information der Deutschen
Nationalbibliothek

Die Deutsche Nationalbibliothek verzeichnet diese
Publikation in der Deutschen Nationalbibliografie;
detaillierte bibliografische Daten sind im Internet über
http://dnb.d- nb.de abrufbar.

Herstellung und Verlag: Books on Demand GmbH,
Norderstedt

ISBN 9-7838-3707-4307

Stefanie Bertram

Elsenfeld

spiri@web.de

www.stefaniebertram.de

Ich danke an dieser Stelle meiner Familie, die mich immer wieder motiviert hat an diesem Roman „dran zu bleiben".

Und mein Dank geht auch an Katja und Vanessa fürs „mitlesen" und an die Menschen, die mich immer wieder aufmunterten mich an das Projekt „Bücher" zu begeben :-)

Manche Geschichten schrieb das Leben und manche Geschichten haben ein Happy End!

Danke fürs Lesen

Engel ist ein Teil von Dir, der in Gott ist und Dich stets
begleitet !
(Elmar Gruber)